꿀 같은 애인을 찾습니다

KB021979

엄환섭 아홉 번째 시집

꿀 같은 애인을 찾습니다

초판 인쇄 2023년 5월 15일
초판 발행 2023년 5월 25일

지은이 엄환섭
펴낸이 홍철부
펴낸곳 문지사

등록 제25100-2002-000038호
주소 서울특별시 은평구 갈현로 312
전화 02)386-8451/2
팩스 02)386-8453

ISBN 978-89-8308-588-7 03810

값 12,000원

ⓒ2023 moonjisa Inc
Printed in Seoul Korea

*잘못 만들어진 책은 본사나 구입하신 서점에서
교환하여 드립니다.

언니는 과거 속에 살고 있다
언니의 큰 두 손바닥에
눈이 내리고 있다
창밖 숲과 초원에도 하얀 눈이 내리고 있다
젖은 몸으로 사는 언니
잿빛 웅덩이에 하얀 눈뿐이다

나는 걷는다
바람이 오는 길을
나는 걷는다
꽃잎이 오는 길을
하늘거리며 걷는 나의 뒷모습은
출항하는 바다에 비친 등불 같다

꿀 같은 애인을 찾습니다

엄환섭 아홉 번째 시집

문지사

아홉 번째 시집을 내면서

늦은 나이에 시작한 내 글쓰기는 내 속의 나를 찾는 과정이었다. 대부분 그것은 내 속의 우울함을 찾는 행위였다. 내 속에 우울한 언어가 그렇게 많은 줄은 시를 쓰기 전에는 정말 몰랐다. 형체 없이 숨어 있는 욕망덩어리의 작업이었다. 이렇듯 나의 시는 내 눈물이었다.

내 삶은 다망하고도 다망한 가장의 자리와 아버지의 자리뿐이었다. 내 생활의 진폭은 매우 좁았다. 평범한 생활 속에 일상이 문학작품이 되지 못한다면, 나의 시는 세상에 나오지 않았을 것이다. 긴 시간 동안 마음속의 갈증을 자기표현의 방법으로 발견하면서부터, 나는 항상 뭔가를 쓰고 있었다. 그것도 자연스러운 내 생활의 일부였다.

나의 시는 가슴속의 동경과 고뇌와 갈등을 호소하는 연약한 목소리였다. 그것이 자연스럽게 리듬을 찾았을 때 심부에 도사리고 있는 진실도 찾아낼 수 있었다.

죽은 듯이 죽지도 않은 듯이 텅 빈 것들, 다리 없는 다리가 나왔다 들어갔다, 머리 없는 머리가 나왔다 들어갔다 하는 괴이한 상상이나 생각들도 모두 자연 속에서는 순환의 리듬과 원리를 가지고 있었다. 내 상상이나 의식은 아주 자연스럽게 나무속에 들어가 가지 따라 솟구치고 햇볕에 몸 비비며 잎으로 팔랑거리게 하는 일이었다. 바람의 말과 햇살의 눈으로 세상과 마주하는 일, 오래 바라보고 오래 관찰하면 사랑하지 못할 대상이 없었다. 자연 속의 세계는 평등하고 풀벌레 한 마리 돌멩이 한 개도 소중하고 눈물겹도록 진지했다. 나는 보송보송 마른 마음으로는 시가 나오지 않았고 무언가 아련하고 아릿한 것, 나는 그것이 오랜 세월 동안 내가 펼쳐내는 우울이라는 것을 안다.

　눈부신 날개를 팔랑이며 나비가 봄꽃 주위를 팔랑이며 날고 벌이 잉잉거리며 꿀을 빠는 아침, 내 마음도 따라 환해져 내 속에 깊이 박힌 우울까지도 사랑할 수 있을 것 같아 꿀 같은 애인을 찾아 나선다. 그것이 오늘의 내 할 일 같다.

차례

1 애인을 찾습니다

차례

2 / 계절을 걷는다

차례

3/ 고독한 시

1

애인을 찾습니다

애인을 찾습니다

바람이 오는 길을 산책해요
사탕을 먹고 있는 여자가 내 앞에서 걸어가네요
혹시 당신의 바지 주머니에 무엇이 들어 있는지
어머 이상한 생각 하지 마세요 도둑 아니고 강도 아니예요
당신의 아랫도리라 해도 상관이 없어요
당신의 왼쪽 심장이라고 해도 상관이 없어요
차라리 사탕을 핑크색 천 브로치 속에 넣어 딸랑거리는 상상을
했어요

혹시 사탕 있으면 한 개 주실래요
요즘 사람들은 사탕이 남아 있으면 애인이 없다는 증거라는데
부끄러워할 것 없어요
당신 주머니에 손 한번 넣어 보세요
아무것도 없습니까
그러시면 어딘가에 애인이 있겠군요
그럼 사랑하는 사람과 애인은 같은 말이 아니었으면 좋겠네요
서로가 서로에게 거울처럼 일체가 될 수 없으니까요
애인은 애인
사랑은 사랑
맞아떨어지는 것은 하나도 없어요

그것이 당신의 주머니에서 어떻게 나왔는지 또 어떻게 들어갔
는지 모를 수도 있어요
　사탕 한 개 있으면 중독 바이러스 같은 그 사탕 나 한 개 주세요
　나는 딱딱한 것도 좋아하고 물렁물렁한 것도 좋아하고
　달콤한 것은 더 좋아해요
　몸에 치마만 두르면 된다니까요
　망설이지 마세요
　그 사탕 내게 주면 당신 주머니에는 또 다른 사탕이 생길 거예요
　사탕이랑 애인이랑은 다르다니까요

　당신은 꽃일 수도 있고 사탕일 수도 있어요
　당신은 마음 약한 부처일 수도 있어요
　어머 당신 꽃향기 많이 나네요
　꽃향기를 나눠 마신 우리
　미래에 혹 꿀 같은 애인은 될 수 없을까요

언니의 환상

도시의 언니는
주머니에 들어있는 시골집 지붕에 눈이 쌓인 사진 한 장 만지고 있다
손을 후후 불며
그림에 여백 같은 모호한 웃음을 벙긋거리며
굳은 발을 굳이 보여줄 필요가 없었다
어떻게 몸 절반이 퇴화되어버렸는지
손을 떠느라 밥을 먹는 습관을 기르지 못했다며
손을 떠느라 슬픈 시를 쓰려고 '배고프다' 썼는데 '배우다'로 써졌다
나무의 어둑한 그림자를 방석처럼 깔고 사는 언니
언니는 하나의 나무였다 아니 하나의 나무그림자였다

세상 소리를 듣지 못하는
귀머거리 여러분
후후 불며 오세요
똑딱똑딱 시계
멈춰라 소리
시계 없는 세상 소리 없는 세상
후후 불며 오세요
여간해서 없어지지 않는 욕망의 칼
멈춰라 뚝

햇살은 감탄할만한 직구였고요
따뜻한 오후 때문에
언니는 배가 부풀어 올랐어요
나침판의 고집에 대해
조급해진 방과 감기 걸린 나무에 대해
내 소리 듣지 못하는 귀머거리 여러분
후후 불며 오세요

언니는 과거에 살고 있다
언니의 큰 두 손바닥에
눈이 내리고 있다
창밖 숲과 초원에도 하얀 눈이 내리고 있다
언니는 미지근한 미끄러지는 손을 눈이 쌓여 있다고 생각한다
젖은 몸으로 사는 언니
잿빛 웅덩이에 하얀 눈뿐이다

지하의 여인

바람이 일 때마다 낡은 신발 벗어들고 햇볕만 골라 밟는다

여자는 무수한 발을 손에 들고 다닌다 무엇에 쓰려고 하는 것일까 검은 하늘 내부의 통로마다 벌레 울음 같은 기계음이 웅웅거린다 구부러진 모습으로 지하 계단을 걸어 내려가는 여자 우산이 없는 날엔 비가 온다는 말도 통하지 않는 음침한 지하 세계 여자의 남자는 건설 현장에

지하는 산 자의 무게에 짓눌려 잠든 자들이 깨어난 외침일까 일제히 입속에서 온기가 있는 말이 튀어나온다
입갱1) 같은 외로운 곳에선 그림자도 한 사람 숨을 쉬고 걸어 다닌다
햇살이 그리운 여자는 낙타를 타고 사막을 걷는 꿈을 꾸기도 한다
여자는 하나의 상자 안에 갇혀서 산다
어릴 때부터 그래왔다 열리지 않는 상자가 가득했는데 비어 있는 상자도 많았다 저마다 제 무게만큼 상자가 있다 어둠의 살과 어둠의 뼈가 있다
누군가 속이 검으면 도둑이라 했던가 상자 속으로 쥐가 들어가면 쥐의 왕국이 된다 컴컴한 땅속 길을 찍찍거리며 오가는 지하 사람들 엎드린 정적 속으로 걸어 다닐 때는 반딧불 같은 담뱃불이 밤을 지킨다

---

1) 입갱 : 갱의 입구

지하 칸막이는 서랍 속 같고 상자 속 같다 기억도 많고 비밀도 많아 지하는 레이드 영상 같다 붉었다 푸르다 검었다 깜박이고 걸음을 걸을 때마다 속이 볼록한 항아리처럼 부풀어 오르는 나날들 살수록 늘어난 욕망일까 살수록 늘어난 뱃살일까
　여자는 바깥세상을 모른다
　사과 한 알에도 세계가 있고 우주가 있다는 것을
　떨어진 꽃잎은 하나하나 죽어서도 귀한 신분이 된다는 것을
　자주 계단을 오르고 내리며 웃고 울고 하는 지하 사람들
　전등 불빛이 오늘도 누군가의 발바닥을 검게 태울 수도 있다
　내부인과 눈을 마주쳐도 움직이지 않는 사람이 발등을 밟아도 움직이지 않는 사람이 외부인과 눈만 마주쳐도 어서 오세요 소리치는 사람들 낮에도 밤에도 별이 빛난다
　여자는 홀로 홀을 맴돈다 상자 속에서 어두운 얼굴을 감추고 닭발을 접시에 담아내고 있다 떠도는 집들이 담벼락도 하나 없이 유리 한 장을 사이에 두고 여자는 자지도 않고 눈을 감지도 않고 일한다

거풍

어릴 때 유리창이 도둑질한 햇볕이 오늘 아침에 방안에 들어왔다
반갑다고 웃었다
얇은 해를 먹었다 해가 되었다
누구는 이것을 복원이라 할 것인가
입술이 뾰족한 탱자나무는 울타리 입술이 둥근 올리브는 태양
뻔한 것이 싫은 나는 아파트에서 나와 산속에 이사와 산다
대문 없는 집에 살면 쪼개진 심장에도 수혈받을 수 있을까
화선지에도 머무는 햇살 그 화선지를 접어서 해를 만들었다 해
는 애인이 되었다
해가 고래 웃음처럼 나를 바라본다
해가 내 몸에 살이 될 때까지 나도 따라 웃는다 따뜻한 파장들
나비가 날아오기 전에 꽃이 폈고 꿀벌이 날아오기 전에 봄꽃
향기를 햇볕이 담아 왔다
아침밥으로 허겁지겁 해를 퍼먹었다
무엇이든 먹으려면 숨을 먼저 쉬어야 한다 숨을 모으자
조용히 해가 내 몸 안으로 들어왔다
나는 유리창이 도둑질한 햇볕을 먹고 어른이 되었다
해는 내일로 가서 오기도 하고 어제로 가서 오기도 했다 모난
입술 둥근 입술 나는 해의 가능성을 믿는다 해의 가능성을 얻으
려면 그림자의 숨 쉬는 법을 익혀야 한다
누구는 햇볕보다 뻔뻔한 표정도 당연한 표정도 없다는데
항상 해는 나를 따라다녔다

애인은 내 속에 내 밖에 항상 있었다

나는 손동작으로 문을 열고 애인의 눈동자를 만드는 방법을 궁리했다

사방 벽의 그림자를 끼워 넣는 묘책도 상상했다

꼬리가 자라나는 애인도 있었고 몸통이 자라나는 애인도 있었다

남쪽에 있는 질 좋은 애인을 찾아보기도 했다

애인으로 연탄 갈 듯 방안을 데웠다

3월 아침 따뜻한 애인을 녹여 마셨다 미미한 통증이 왔다

바닥에 납작 엎드려 양팔을 활짝 펼쳐 애인을 긁어모았다

창문 밖의 애인을 두 손에 움켜쥐고 애인이 없는 방구석에 심었다

나의 애인은 음지를 양지로 양지를 음지로 바꿀 수가 있다는데

나는 부드러운 해를 뚝뚝 부러뜨려 먹었다

아무리 숨겨도 내 속에 있는 내 밖에 있는 해는 나의 신

하얀 해 속에 세상이 잠겨 있다

나는 홀랑 옷을 다 벗고 거풍을 했다

빈집

　빈집엔 봄이 오고 여름이 오고
　빈집의 계절만이 무성했다

　빈집은 쉽게 들어갈 수 없고 대문 안에 들어서도 속이 보이지
않았다
　그곳은 조용하고 시끄럽고 누구라도 거부하는 집이지만
　어스름한 저녁 달빛을 반겼다

　길에는 떠나는 사람과 돌아오는 사람이 있다
　하늘에는 뿌리내리지 못한 구름이 있다
　처음과 끝이 없는 티끌뿐인 속눈썹만 멀쩡한 그곳
　떨어져 나간 몸통 구멍구멍 마다 곰팡이 냄새가 났다

　잡초들의 손가락질은 예나 지금이나 여전하지만
　젖은 속눈썹 끝이 열어주는 시간은 힘이 없었다

　그림자뿐인 대문에서 찌그러진 툇마루를 바라보면 고무신 끄
는 소리가 들리고
　그곳은 무릎까지 포근한 미소가 떠올라
　눈을 감고 할아버지는 붓글씨를 썼고 눅눅한 종이 뭉치를 한
움큼 쥐고 있었다
　먹물 냄새로 질척대는 나날

눈을 뜬다
장독대의 잡초들이 슬그머니 서재를 욕심내고 들어와 일필휘지했다
도깨비 풀이 손가락 펴고 항의했다
깨진 기왓조각은 여기저기 굴러다녔고
마네킹 몸속같이 텅 빈 그곳
빈집은 욕심내지 않는다
빈집은 기다린다
밤나무가 뒷마당에 밤톨을 툭툭 던지고
앞마당의 감나무는 그냥 좋은 날이라 한다

내가 바라보는 집이 자꾸만 나에게 다가온다
뭉치고 흩어지고 떠돌다
지워도 지워도 지워지지 않는 얼굴들이 다가온다
어머니도 아버지도

어스름한 저녁 달빛은 누구를 반기는지
빈집엔 바람만 불고 있다

빈 의자

　햇볕이 그늘을 끌고 가고 돌아갈 곳 있는 후미진 공원
　누군가 놓고 간 꽃 그림이 있는 의자 하나 가을을 두르고 앉아
있다
　나는 휴대폰을 묵음으로 해놓고 제 몸을 구름처럼 흘려보내고
있는 담배 한 모금 깊이 마시고 있다
　살다 떠난 얼룩이 가슴 깊이 내려앉은 빈 의자에 앉아 한 땀
한 땀 수를 놓은 허기진 긴 시간도 내려놓고
　사는 건 먼저 버리는 것이라면서 혼자 중얼거려본다
　힘들 때마다 혼자 주저앉았던 길은 얼마나 길까
　오랜 의자가 휴식의 의미를 가질 때 내 삶은 곧고 편할 것인가
　아내의 맵싸한 잔소리가 생각날 때쯤 돌풍이 달려온다
　나는 혼자서 굽은 길을 걷다 속절없이 절로 잡초가 무성한 아
무도 없는 이 공원에 왔다
　울음 그치고 비늘 세운 앙상한 잡초
　숨겨도 보이는 빨간 웃음이 말라비틀어져 버린 헛헛한 장미꽃
덩굴 속의 것 다 내어 주고 말라붙어 흰 이빨 드러낸 구절초꽃
　모두 다 입 다물고 깊게 팬 주름만 달싹거리고 있다
　설핏한 얼굴에 바람도 햇살도 찢어버리고 온몸 겹겹의 사막들
이 응어리진 차가운 인적없는 공원에 가을바람이 싸락싸락 불어
온다

진다는 말이 싫어 노을이 핀다는 말을 해 보면 사방에 어둠이 모이고 내 입안에서는 비릿한 피 냄새가 난다
  아득한 하늘이 내려앉아 하루의 끝을 말아쥔 조용한 저녁때 쉬잇! 새 두 마리 황폐한 공원에 바람 잠재우며 따뜻한 맨발로 날개를 접고 땅에 앉는다
  나는 오래된 친구처럼 무너져 내리고 싶은 몸을 의자에 의지하고 앉아 가만히 지켜보며 내 하루가 저물고 있다

  꽃피는 길 따라가고 싶은 내 마음 적당한 온도의 눈물과 웃음으로 팔짱 낀 연인들을 상상해본다 나에게 애인이 있었나 주인 없는 의자도 두고 온 한쪽 세상의 목이 긴 삶의 체온도 천천히 식어버리고 뼈만 남은 영혼으로 홀로 앉은 나
  이제 달빛도 삭아가고 뼛속까지 시린 찬 바람이 분다
  무수한 별이 떠오르는 밤에도 가을은 고독해진다
  아무리 되짚어봐도 나는 임자 없이 우두커니 앉아 있는 빈 의자
  그 빈 의자에 앉아 몸이 한없이 자라는 소년의 푸른 꿈을 꾸고 싶다
  계절은 봄을 지나 뺨을 올려붙이는 야성의 여름을 지나 가을 겨울로 가고
  파란 저 하늘에 맨발로 걷는 별이 신성해진다

변신

　어떤 책에서는 빈 의자라는 단어를 떠올리는 것만으로도
행복해
　확신 없이 머리를 감싸는 책상은 내가 중심을 잘 잡아주길 바
랐지만
　나는 계속 삐걱대고 있었다 본분을 망각한 채
　창가에 서서 콧노래를 흥얼거리는 네 뒷모습은
　어머니가 나를 부를 때 모습 같았다
　시골집 마루에서 여름을 말아먹던 어린 시절이 생각난다
　앞에 서기도 하고 뒤를 따라가기도 하던 조용한 달
　시냇가에서 멱을 감으며 물장구를 치던 나
　내 유년의 추억이 쏟아지는 논과 밭
　시끄러운 사람 소리 들리고 긴 암소 울음소리 들린다
　긴 호흡들 고요한 호흡들
　잠꼬대에 홀린 기쁘고 슬픈 나날들
　이제 더 이상 앞이 보이지 않는다
　나는 더욱더 삐걱거리며 양쪽 다리가 내려앉는다
　손목과 발목이 몸에서 멀어진다
　토끼를 도둑맞은 달이 희미하다

경상대학병원 C병동 6층 신경외과 808호실
내 어깨에는 링거줄이 코에는 음식물을 밀어 넣는 플라스틱 줄이
하체에는 소변 줄이 매달려 있다
한순간 내 몸에 붙었던 줄이 다 떨어진다
나는 더 이상 앞도 뒤도 볼 수 없다
책상은 홀로 우두커니 서 있었고 이제 아이들의 책 읽는 소리
도 들리지 않는다
심전도에선 위험을 알리는 신호음이 계속 났고
나는 이제 손이 하는 일도 발이 하는 일도 알 수 없다
몸도 마음도 알 수 없는 가사假死 상태
진상인지 가상인지 알 수 없다
이제 학교 교실엔 시계 소리 들리지 않는다

지난주에 막 떨어지려고 하던 나뭇잎들이 하나둘 땅에 우수수
떨어지고
떨어진 잎들은 빗물에 뒤엉켜 나뒹굴고 있다
축축한 낙엽을 밟고 가는 사람들 발소리 똑 똑 똑

발아

나는 야생
고통의 끝에 길이 있다는 것을 안다
오랜 세월 기억의 모퉁이에서 본 듯
짠 기가 많은 잠언을 들은 듯
나는 캄캄한 땅속에 있다는 것을 안다
문이 없는 땅
문이 없어 문뿐인 땅
천년을 살까 만년을 살까 뜨거운 꿈을 꿀까
또 모든 야생들 저마다 분주하다
비어 있는 자리마다 봄을 훔치려는 것들
세상의 한켠이 잔뜩 웅크려지고
태양이 선경 속에 손발을 움직여 본다
지구는 항상 중력이 있다
뭔가 입이 막힐 듯 막힐 듯 웅얼거리고 있을 때
나를 위해 바람도 기도를 하는 듯

그러나 이곳에선 그 어떤 생명도 목마름 끝에서도 참아야 한다
봄이 오기 전에 모든 바람은 힘겹다
이곳의 시간은 돌고 돌아야 한다 약속의 땅
길게 내려왔던 햇살 몇 올에 이제 가슴 속까지 수런거린다
개미들이 부서진 달 조각을 물고 페로몬을 따라 집으로 가는 날
아직 구름도 쉽사리 비가 되지 못한다
길이 보이지 않는 곳에 길이 있다
뿌리를 따라 잠언들이 땅속에서 올라온다
땅으로부터 시작되는 그 어디쯤
멈추지 않는 무수한 생각들이 상처 난 것들을 집요하게 도려낸다
입김을 불어 너의 단단한 뼈와 살을 뚫고 밤낮으로 환호를 지른다
내 나름의 끝없는 박음질로
입속에 있는 움이 입 밖으로 나온다
짠 바닷물까지 얹힌 새싹이 가닥가닥 갈라진다

엑스레이

엑스레이에 찍혀 나온 나의 머리는
지구본을 닮아있다
굵은 선 가는 선 바다가 있는가 하면 절벽이 있고 절벽이 있는가 하면 육지가 있고
가는 혈관과 뼈로 이어진 내 마음속에 산도 들도 강도 보인다
지구에는 매일 해가 뜨고 해가 지고
도롯가 전봇대 아래 버려진 빵조각을 새가 쪼아 먹고 있다
뭔가를 욕심내며 움켜쥐려 했던 마음에 빗장을 건 시간도 여기저기 피와 함께 흐르고 있다
열지도 닫지도 못하는 녹슨 열쇠 꾸러미가 철렁대는지 애틋하고 아쉬운 시간이 찍혀 있다 지구는 누가 둥글다 했는가 산기슭에 네모난 돌도 뾰족한 나무 가시도 있는데
그리고 끝없는 낭떠러지도 없고 끝없는 평야도 없다
낭떠러지가 나오는가 하면 평야가 나오고 평야가 나오는가 하면 낭떠러지가 나오고
허공의 구름은 난해한 삼각함수 계곡에 폭포는 각각 내 생애를 곧게 펴는 나만의 비밀주문 같은 것
모니터 화면 속에는 휘어지는 뼈마디도 있고 곧은 뼈도 있고 구름의 아득한 걸음으로 긴 그림자를 끌고 오는 해도 보인다
슈퍼의 사과 한 알에도 세계는 있겠지
반지하 감방처럼 각이 긴 생애의 뜨거운 지도 한 장
울음을 씻어 앉히던 양은 냄비에 물 끓는 소리도 먼 기억으로 들리는데 작은 혈관이 없고 지문이 없고 날개가 없어 발소리도 나지 않는다 짠 내 나는 거품만 희미하게 보인다

나이테를 실타래처럼 감았다 풀었다 하는 가는 손가락도 지구본 안에 있다

폭풍우는 뇌 안에 상처 자국처럼 그어져 있고 누대로 내려오는 가게의 놋그릇에 밥알처럼 서 있다

어쩌면 노을빛 붉은 혈관들이 별빛으로 쏟아질까

세상의 바람은 슈퍼에서 팔지 않는다

하나둘 선이 선을 이어서 따라가면 창가에 앉은 저녁이 아버지처럼 우두커니 서 있고

길게 그은 선 속에는 자식들이 여기 하나 저기 하나 삐뚤삐뚤 걸어 다니고 있다

나는 하나둘 자꾸 작은 점들이 뭉쳐서 가끔 엉뚱한 곳에 꽂혀 혈관 속에서 부유하는 피를 보기도 한다

기억이 하나둘 빠져나간 엑스레이 온기를 들춰내면

여기저기 유통기한 지난 욕망이 진열되기도 한다

오늘도 나는 살면서 숱하게 잠그고 여는 마음을 따라가며 주머니에 녹슨 열쇠를 찾아

무표정한 눈빛으로 헤엄치는 심해의 물고기 한 마리

스스로 봉합된 둥근 모양의 엑스레이에 끊어진 듯 이어진 듯 수많은 물음표가 다시 파닥거리며 물이 뒤집히는 듯 물고기가 입질하는 듯 맥박이 다시 뛰고

파란색을 좋아하는 나는 하늘색 새의 깃털을 덮고 잠을 청한다

두레박

줄을 길게 달아
우물을 건져 냈다
줄은 긴 뱀 같기도 했다

참 오랜만에
닫혀 있던 입
아스라이 깊은 소실점 참방참방
우물을 뒤집어 부식되지 않은 나뭇잎을 땅으로 데려왔다
견고함이 느껴졌다
나뭇잎은 오리발 같기도 했다

우물은 아무도 들어갈 수 없고
봄 여름 가을도 오지 않고
두레박이 키워드다
줄을 달면 누구나 사용할 수 있다

두레박으로 소문을 나눠 마신 자들이 돌림병에 걸린
산골짝 기도원
지하 우물 한쪽 허공에 안개가 핀다
안개는 샘물이 밤새도록 그린 지하의 그림

이곳은 아이를 안은 채 걸어온 십자가의 못이 길의 끝이다
그 길의 끝에 우물이 있다
끊긴 길마다 우물이 피어났다
여자의 눈물을 성수라 믿는 사람들
두레박을 든 채 말라가고 있는 기도원이 다시 종소리 울리게
한다
잎 떨어진 계절마다 배설을 끝낸 땅들이 새로운 생을 채워 나
갔다

부풀어 오르는 물이 물길을 만들면 사람들의 몸에서 나무가 자
랄까
우물은 끝없이 안개가 부풀고

우물을 떠나지 못하는 사람들이 있어
우물은 뚜껑이 있어도 입구를 닫지 못하는지
닫을 시간은 또 언제인지

터 파기 작업

걷던 길에서 방향을 조금 틀었을 뿐인데 신기하지
낯선 골목과 낮은 야산이 나오다니
토종잔디도 보이고 땅가시도 보이고 우슬도 보이고
이벤트 같은 칡꽃도 피어있다
여기 양지바른 곳에 작은 무덤 두 개 나란히 누워 침묵의 말을
걸어오고
너도 사는 동안은 사람이었지
무덤 밑으로 아직 죽지 않은 앞으로 죽어갈
사람의 집터를 포크레인 기사가 뜨거운 번갯불을 튕기며
땅을 판다

막다른 산속에서 누구를 감정한 것인지 또 지질조사는 한 것인
지 그려준 설계 도면을 따라
땅을 다지며 평탄 작업을 한다
설계도면은 예언서에 가깝지
아직 주인은 나타나지 않았고
꽃가루와 흙이 낮은 곳의 음기를 양기로 메워 가고 있는 듯
지금부터 흙 묻은 발자국이 조금씩 자라나고
포크레인은 사람 심장의 소리를 내며 헐떡거린다
두근거림이 없이는 아무 노래도 되지 못한다는데
감정도 없이 툭탁툭탁 당신은 아무리 소리 질러도 죽은 소리라
눈치챘지

누구도 범하지 않은 처녀의 몸을 간음하며 땅이 조금씩 단단해
진다
　웅크린 흙이 깨어나는 소리가 산과 들에서
　자욱한 먼지로 꼬리치고 있다
　햇빛을 가슴에 품고 어둠을 녹인다
　바람 소리 새소리 물소리가 눈을 떠도 눈을 감아도 언제나 울
타리 없는 안도 밖도 아니다
　오고 가는 사람의 북적거리던 발소리 조용해졌다
　무거운 표정으로 터를 다지는 포크레인이
　폭포수 쏟아지는 소리를 낸다
　세상의 집들은 단단하게 다지지 않으면 안 된다
　바람이 없는 세상이 온다면 얼마나 무서울까
　땅을 밟고 걸으면 마음이 가벼워지는 오늘
　더 멀어지지 않고 가까워지지도 않는 산에
　누가 살아갈 영원한 집을 짓게 되길 바랄게
　이런 풍경 언제 또 보고 살 수 있을까 의문 하면서 보는 거지
　또 웅크린 바위들이 깨어나는 소리 들리고 초록 안감을 댄 산
이 보이고 소실점 하나까지
　센티멘털해지겠지

블랙홀

구멍이 생기면서부터 사고를 피하려다 그곳으로 숨게 된 것이
지요
그 구멍은 빛조차 빠져나가지 못하는 블랙홀이었어요

당신의 손발이 움직이지 않으면서 이 여행은 시작되었어요
눈을 감았어요 한 번도 가 보지 못한 세계였어요
온도도 계절도 없는 습한 냄새를 맡으면서 안개 속으로 뛰어들
었어요
길거리가 하나둘 사라졌어요 새도 사라지고 물고기도 사라지
고 사람도 사라지고
산과 들이 사라지고 바다도 사라지고 하늘과 땅도 사라졌어요

눈을 마주쳐도 날아가지 않는 새
발로 바닥을 밟아도 바닥이 없어요
눈동자가 사라진 어두운 세상에서 수십 차례 넘어졌어요 하지
만 피멍이 들지 않았어요 아프지도 않았어요
시작도 없고 끝도 없는 세상이었어요

무릎을 버리고 주저앉은 정류장처럼 내가 너그러웠어요
말을 할 수 없어 말이 없는 세상은 정말 심란했어요

죽고 나서도 살고 싶은 사람입니다
그렇다고 귀신 취급은 하지 말아 주세요
당신과 나는 사람이란 같은 족속이라 남은 더더욱 아니잖아요
나는 하나의 정물임에도 불구하고
내가 바라보자 자꾸만 멀어져 가요

죽은 나를 보았어요
죽은 나를 기도하는 내 위에서 죽은 내가 쏟아져 내렸어요
죽은 자들이 모여드는군요

지금까지 어디에 있었나 나는 죽지 않았어요
오르골이 돌고 모르는 노래가 나와요

내 몸이 없는 나는 무엇인가요 또 누구인가요
이제부터 생사를 초월한 목적 없는 기도는 시작되는가요
푸른 하늘 몇 개 따다 내 속에 붙여야 할까요

손금

긴 줄무늬 길흉
볼수록 아득하다 끊어진 듯 이어진 듯
천 갈래 만 갈래

탯줄 뗀 그날 이후
온종일
매일 매일
늪 속에 허우적 허우적

진흙탕 길 몇십 년을 다졌는가
지름길 에움길 돌림길 돌고 돌아
왔다 갔다

손안에 잔뼈들 믿고
하늘 한껏 허공 속에 손사랫짓도 다반사

확 바뀐 생의 지형도 하루아침 꿈이며
직선도 곡선도 지나 어둑한 터널까지 지나

아프게 새겨 넣어 굳은살 박인 손바닥은
하늘을 이고 있는 머리끝이 하얗게 서리가 내려도
실금의 잔물결 따라 푸른 맥박이 뛰고 있다
물길을 거슬러 멀리멀리 헤엄쳐가기 위해

수승대에서

수승대 소나무에 등 기댄 채
몸 풀 날 기다리는 광대

오랜 가뭄에 수지침을 꽂는 단비
맥 짚어 가던 바람이
구연동 암구대에 불현듯 비가 온다
하얀 부추꽃에 나비처럼 하늘하늘

벗어 둔 입영笠纓
허기 쪼던 백제 사신
빼앗긴 나라는
출렁이는 물결 따라 가물가물
마디숨 몰아쉬며 걷어낸 빡빡한 한숨 소리를
구름은 지난날의 전설을 아는지 모르는지

역사는 까칠해도
위천은 낯익은 풍경을 열고 돋아나는 푸른빛이
그림자도 없이 따뜻하게 빛난다

참고 또 참아 견뎌낸 옛 역사
아픔도 닦아내면 밝은 세상 올까
암구대는 뼈도 훤히 다 드러낸 빗살무늬로 함구하며
샛바람 죄 꺾으며 솟아오르는 푸른 물보라만 바라본다

변소

　제주도를 여행하면서 민속촌에서 옛날 우리 집에 있던 변소 간을 보았다.
　그때 살 속에 박힌 옛 이름이 불쑥 떠올랐다
　산까치 몇 마리 날아오던 고향 마을 그 변소
　엄마 아부지 누나 동생 친구들
　마음속에서부터 먼 우주까지 지워지지 않는 메아리가 희미하게 들린다
　엉덩이 밑에서 입김을 불고 꿀꿀거리는 똥 돼지 한 마리
　배고픈 시대의 관습인지
　꿀꿀거리는 소리는
　온 마을과 우리 집의 복을 부르는 주문인 듯
　엉덩이와 마당 사이의 거리는 없다
　널빤지를 가로질러 놓은 변소에서 혼자 똥을 누는 것은
　달무리가 초저녁부터 온 마당을 문질러 놓는 것일 테지
　수더분한 식구들 목소리가 달무리 속에 안긴다
　밤마다 작은 별빛처럼 모여드는 웃음소리들 속에
　구멍 난 내복 바람 몇 개가 스며들었지
　호롱불이 켜지고 어둠이 종소리처럼 들리는 밤
　내가 변소의 구멍 난 틈으로 유성을 바라보고 끙끙거리다 몸을 풀면서 몸을 잊어가고

대체로 둥글고 원은 아닌 하늘에 흐르던 구름이 멈춘다
돼지는 꿀꿀거리며 변소 간 안의 무너진 돌과 흙까지 핥는다
변소에서 방까지 거리는 얼마나 먼 간격일까
내가 더 어릴 때는 아버지가 마당 끝에 눈 똥을
한 삽 떠서 돼지에게 먼저 주었지
먼 구름 사이로 달이 지나가는 속도로
돼지는 내 엉덩이를 받들며 올려다보고 있었겠지
때로는 사는 일이 괴롭다는 투정과 눈물 끝에 방긋 웃는 웃음
일 테지

마을 사람들이 돼지 멱을 땄다
정점에서 해체되어 아버지가 손에 고기 몇 근을 들어 올리면
푸대에서 샌 핏물에 무명옷이 붉게 물들고
멱 따는 소리가 몇 년째 내 귓속에 갇혀 있었다

석쇠에서 삼겹살이 익고 있다
돼지가 꿀꿀거리며 몸을 비틀고 있다
아부지가 변소 밖에서 내 이름을 부르는 소리 아련하다

구직

-구름 위의 별-

　구름 많은 하늘
　별이 보이지 않는다
　일용직도 귀한 세상

　밤늦도록 나뭇가지 휘어지는 바람 불어
　별자리까지 휘어지고 있다

　이력서가 공중에 떠오른다
　두 개의 음 두 개의 박자
　취업 미취업
　전쟁인가 평화인가

　먹물이 다 닳은 볼펜을 쥐고 글을 쓴다
　꼬리 잘린 경력이 질겅대고 팔딱거린다

　수천 번 비정규직 이력서는 곡예를 하고
　공중에서 곡예를 하고
　주사위는 물레의 리듬까지 기억하는지 능숙하게 빙빙 돈다

어둠 속에 윤기 나는 하늘에 별이 되었나
휴지통의 쓰레기가 되었나

교차로 신문에서
잉크 냄새가 눈에 배인 아침

강둑에 지천으로 핀 야생화들
꽃말 하나 없다

환각의 발걸음 소리에 멀미가 나고
푸드득 깃발을 떨군 하늘
내일은 괜찮을 거다
푸른 감 떫은맛 나는 나무 한편이 따뜻하다

상속

   눈을 감았어 한 번도 가 보지 못한 길을 떠올리면서 습한 냄새를 맡으면서 안개 속으로 뛰어들면서 길거리의 나무를 하나둘 세면서 새소리를 들으면서 걸었어
   지구의 공전으로 만들어진 풀과 나무꽃
   달은 둥글게 깎아 놓은 손톱을 닮았어
   할아버지는 매해 굴속 같은 어두운 방에서 자식을 낳았어
   그의 핏줄을 따라 가계는 대물림되었고
   내 등에 박힌 점은 어머니의 감수성과 끼를 가진 눈물점을 읽고 있어
   두 개의 음 두 개의 박자는 항상 자전했어 그렇게 해서 밤과 낮의 음양이 생겼어
   사람의 가랑이 사이에서 사람이 떨어지는 것을 보았어
   피와 물 물과 피가 줄줄 흘렀어 분명 끔찍한 비명 소리가 났고 사람이 솟구쳐 올랐어
   피비린내 나는 전쟁 같아
   자궁암이나 갑상선암이나 탈모 같은 불안한 의혹들이 식구들의 안쪽에서 쑥쑥 자라났어

볼록하고 오목한 허물들은 누군가 머무는 집

아비의 출신은 자식에게 신분증이었어

지구에는 이상한 상속이 많았어 사막에 내리는 하얀 폭설

대가 끊기지 않는 지진 전쟁

떠도는 계절의 종자들은 어느 기후의 혈통일까

도시의 계곡 빌딩 숲을 감는 회오리바람은 하늘에서 만들어지는 것일까 땅에서 만들어지는 것일까 입술을 달싹일 때 해안선은 길게 늘어졌어

윤기 나게 닦은 구두가 하늘의 구름 위에 올려져 있어

수천만 번 눈물 속에서 태어난 나는 죽은 할아버지도 농부였고 죽은 아버지도 농부였어

또 낭창낭창 어머니의 종점이 나였어

나는 지구의 공전 방향으로 도는 사람일까

일월에 낙엽이 지기도 하고 새잎이 나기도 하는 지구촌

우리 집 깨진 유리창은 청테이프가 붙들고 있는데

껍질 다 버린 달은 누구를 따라 걸을까

삐─익 손가락 휘파람을 불면 대답할까

노인대학 가는 길

새들이 공중에서 앉을 자리를 살폈다
기사는 깨끗한 복장을 하고 담뱃불을 끈다
눈을 뜨자마자 사랑을 위해 사람을 위해 목줄을 풀 듯 밖으로
나가서 달려야 했다
어르신들 천천히 편하게 타면 됩니다
편안함이 행복일까
광활한 세상 노년은 유원지 같아 다듬고 가꾸지 않으면 더 쓸
쓸하고 외롭다
백년지기 주간 보호 차량이 시골길을 천천히 달린다
사랑하는 사람을 만나러 가는지 대문 밖에서 옷을 차려입고 어
르신이 기다린다
사람을 만나려고 아침 전체가 흔들린다
흔들리면서 가는 차량
발이 터지도록 무엇을 찾아가는지
탑승한 어르신들 하얗게 헐떡거리다 말을 한다
저기 저쪽 마을을 보라고 작년에 초점 없는 눈을 하고 침을 흘
리며 차를 기다리던 우리 교장 친구가 죽었어 하얀 머리칼을 얼
굴에 감은 채 말을 한다
한 노인이 기를 펄럭거리며 그 사람이 초등학교 내 동창이야
하며 기도문을 외고 있다

흔들거리는 시골길 차 안의 노인들은 말이 없다

누군가 말했다 내가 갈 때는 까만 리무진을 타고 싶어

삐걱대는 동네 어귀의 길 건너 기찻길에서 기차 소리 나지 않을 때 말없이 가고

올 땐 따뜻한 봄바람으로 오고 싶어

모두 잡고 있던 지팡이를 놓고 눈을 감는다

교회 십자가가 지나는 길에 길게 누워있다

내리막길이 햇볕에 물들어 일렁거린다

그 순간 알았다 어간대청 어간마루도 더는 부럽지 않다고

초가삼간도 더는 불편하지 않다고

다 오래됐고 안이 삭아버려서 소용없다고

우리도 어느 날 하늘로 간다고

날아가는 기러기의 등을 보면서 말을 한다

열린 차창 문에서 불어오는 바람이 실눈 사이로 비집고 들어와 바람조차 공포가 된다

이제 문을 열고 백년지기 노인 대학교에 도착했다.

계단도 없는 오티스 엘리베이터는 지난한 족적도 없이 공중으로 소리 없이 부양한다.

노인대학은 2층 아닌 3층에 짐대 식탁 의자 어린이 칠판이 있나

관 짜는 아버지

　아버지는 목수였다
　물관이 부풀어 오른 나무는 아버지의 팔뚝을 닮았다
　지하를 걷는 나무뿌리는 부지런한 아버지의 손가락을 닮았다
　나무에 박히고 싶은 나무도 아버지도 모두 목이 긴 기린을 연
상하게 했다
　나무를 훔쳐 간 아버지도 나무가 훔쳐 간 아버지도
　둘 다 동시에 감옥이라고 생각했다
　나무는 나무의 감옥에 사람은 사람의 감옥에
　감옥의 그림자를 줄여 만든 못으로 집을 만들어 산다고 생각했다
　꼭꼭 닫혀 있는 나무
　꼭꼭 닫혀 있는 집
　지구를 사각이라고 생각하지는 않지만
　나무의 몸엔 벌레가 있어서 사람의 몸엔 병이 있어서
　핏줄에 얽힌 몸이 싫다고
　잎맥에 얽힌 나무가 싫다고 몸의 핏줄을 세우며
　나무와 아버지는 수많은 못질의 행방을 읽었다
　지구만큼 커가는 세계 속에서

아버지와 전화로 통화하는 내내 나무가 지지직거렸다
유통기한 지난 나무도 있었다
아버지는 오고 가는 말에 세 치인 혀도 있고 세 치인 못도 있
단다
천둥과 번개 사이의 간극
아버지는 나무와 나무 사이의 간극을 못질한다
문짝도 반듯하게 기울어지는 기둥도 반듯하게
북상하는 봄소식은 설계 도면
예언하는 증언대 같이 조심조심 손을 모아
꽃향기를 나무속에 입김으로 불어 넣고 못을 심는다
오차 없는 믿음을 주기 위해

할아버지와 낡은 유모차

　나는 간다
　낡은 유모차를 끌고 무료 급식소로
　매미가 물기를 털며 몸을 말리고 있는 것이 임산부 같다
　나무 앞에 팔짱 낀 아이가 몸이 줄어들었나 봐 웅크리고 있었
으니까
　나무를 보고 있는지 매미를 보고 있는지 또 다른 무엇을 보고
있는지
　세상의 부동산 시장은 줄어들고 뉴스만 자꾸 늘어난다
　어제는 비가 내렸다
　나는 검은 구름 속에서 내리는 비가 싫었다
　나의 빈 유모차는 나에게서 멀어지려 하고
　비틀거리는 유모차 바퀴 덕분에 길이 두 쪽이 났다
　새 유모차를 사는 비용이 무지막지하단다

　산책로엔 바람이 분다 바람 소리가 더 거세져 매미가 울음을
그친다
　매미가 울고 있다는 기억을 하는 사람이 없다
　나의 반려는 유모차
　유모차가 비틀거릴 때마다 요란한 핸드폰 소리만 짓궂어진다
틀림없이 아들딸 전화일 테지 먼저 내 두 손이 접혔다 내 두 발이
멈춘다
　무료 급식소의 차가운 대리석 바닥에 서 있으면 들뜬 열이 내
려가고 날뛰는 맥을 지그시 눌러 식혀주는 손길이 있다

하루 한 끼만 먹는 밥의 드높은 위력 찍어 먹을 게 많아 눈도 못 굴리고 젓가락을 후빈다

눈물이라는 영화가 있다면 영화관 앞에서 나는 어떤 자세일까

아니면 유모차가 사람을 끌고 가는 것이 아니라 사람이 유모차를 억지로 끌고 가는 이상한 모습일까 멜로라는 말은 눈물이라는데 나는 우울한 날 영화 속의 주인공

골목에서 내가 아들 손잡고 영화관으로 데려갔었다

그저 그런 사람 또는 지하 단칸방의 축축한 어둠을 먹고 사는 사람

땀 냄새가 구수하게 익어갈수록 유모차의 하얀 덮개는 돛처럼 부풀어 오르는 듯하고 뱃사람의 노래가 내 속에서 흘러나온다

나는 늘 전설이었지 포말泡沫처럼 끓어 넘치는 바다를 감아올리던 나의 그 단단한 골격과 근육들은 언제 잃어버렸을까

턱이 빠지라 그 추억을 씹어보아도 천 길 절벽뿐

나에게 남은 건 부채뿐인가

몸 깊은 곳에서 놓친 기도문 소리가 들린다

가슴속에서 글자들이 무섭게 자라난다

이제 나는 나를 노인이리 부르지 않기로 한다

작은 산길에는 땅속에서 개미들이 손발을 비벼 따뜻한 소리를 낸다

숲을 비비며 매미가 운다

2 / 계절을 걷는다

산벚꽃

흐릿한 몸에다 마파람을 감고 감아
세상의 달빛이 복사뼈 휘감을 때
나의 꿈은 무엇인지
내 안에 솟구쳐 오르는 하얀 의문들
몇만 광년 저기 저 별들이
눈 한 번 껌벅거리며 나를 바라본다
구름은 지난날의 누구였는지 평평한 하늘에 앉아
물결의 전설로 떠돌며 나를 부른다
몸통에 달라붙어 질척질척 살을 찢기도 한다
나는 어디에서 피고 있나
허공에 있나 외계에 있나
안개와 손을 잡고 하얀 모자 쓰고 있다

산비탈 따라 걷다 숨 쉬는 별빛에 홀려
하얀 노래를 부른다
나를 닮은 이웃들 집인지 나무인지 꽃인지
눈물 글썽 웃음 글썽
한 점 바람에도 흔들흔들

언제 본 영화처럼 비행접시 잡아타고
어느 바람 앞으로 뛰어들어
동그랗게 눈을 뜨고
나는 높은 저곳
그 어디에 무엇을 찾나

굳은 뼈에 엉겨 붙어
요란하게 꼭꼭 채우련다
하얀 속삭임들 하얀 꽃잎들

낮 꿈의 게으른 밧줄 늘어뜨리고
허공의 나는 어디로 갈지 이리 흔들 저리 흔들
눈물조차 보석으로 달고 하얀 이빨 다 보이며 웃는다

가시연꽃

누군가의 꿈을 대신 꾸고 있으면 좋겠어요
행운을 부르는 꿈 말이에요
나는 물로 이루어진 몸
물을 삶의 터전으로 하고 살아가는 금개구리 가시연꽃
물의 묵직한 발자국이 여기저기 찍혀요
깜깜한 물속에 좁은 문이 있어요
안정된 삶을 누릴 수 있는 지상 위의 편안한 나날들은 나에겐
없어요
발밑은 늘 깊은 늪이지요
머리 위는 안개구름 소음이 심해요
세상을 흔드는 바람은 누구를 위해 회귀하나요
배는 물 흐르는 쪽으로 간다는데
물은 흐르지 않고
습지의 천적이며 벌레들이 사납게 나를 공격해요
나는 사방의 안전선을 찾느라
가부좌를 틀고 열심히 기도하고 있어요

의식적으로 무의식적으로
물의 표면 위에서 깜박거리는 햇살에 의지한 채
나는 물의 정적을 찾고 있어요
영원토록 썩지 않는 씨앗을 품고 있어요
눈을 뜨면 언제나 물속입니다
나는 매일 몸에 마귀와 번뇌가 달라붙어서
여기저기 온몸에 가시를 키우고 있어요
꽃을 키우는 것은 천년의 행운을 부르기 위해서죠
입도 뾰족하고 꽃까지 뾰족합니다
축축한 물뿐인 나의 터전은
매일 입안에 가시가 돋아나고 있어요
참고 또 견딜수록
꼭 다문 입술 사이로 돋아나오는
가시라도 좋고 화살촉이라도 좋은 연꽃을 피우기 위해서는
모든 것들이 여기에 이르러 모두 참아야 해요
죽은 것처럼 살아가야 해요

도라지꽃

나는 태어날 때부터 새파랗게 질려있다
벗어둔 욕망 고이고 고여 물꼬를 트면
오래된 침묵이 날이 선다
하나 둘 셋 넷
고래고래 소리치다 입술이 다 갈라신다
몇 겹 생을 건너와 말을 거는 별 앞에
파란 갈기 일으켜 예쁜 방 하나 만들어 놓는다

나비 한 마리 날아와
별님 손 잡고
잠시 눈을 감고
꽃 속으로 숨는다

허공을 흔드는 파란 욕망 순하게 엎드리고
허기 쪼면
예쁜 소식을 가물가물 기다리고
서로 먼저 손 내밀어 인사를 한다

갈대

골목길을 돌아
어떤 할매 바지춤 같은 내 가슴에 꼭 안기는 강변의
갈대
한 장 한 장 책장을 넘기듯
긴 머리카락을 세우듯
기나긴 너와 나 사이에서 울어댄다
그 울음소리 그치고 나면
너는 몸이 더 휘어질까
머리 위의 소음들 움직이는 나뭇가지들
연약한 햇살이 소곤거린다
갈대
흔드는 바람 따라
나 더 적막해지면 어쩌지

하얀 스카프를 두른
바람에 흔들리는 네 얼굴
멈춘 기억을 풀어 놓고
휘어진 부표처럼 반짝이며
하얀 추억에 나 더 그리워지면 어쩌지

나는 강가에 얼굴을 묻고
흔들리는 너를 향해 걷는다
너는 바람 속 갈대
늑골에 서리 맞은 채
바람이 된 파도처럼 운다

망할 놈의 꽃

뒷모습을 배경으로 한 것일까
앞모습은 더 두근거리는 웃음
입이 생겨
눈이 두 개나 생겨
미완성인지 완성인지
잔향 더미로 만든 꽃잎들이
웃는 표정에 동의하기 시작한다
동의한다가 부인한다로 들린다
허공 길을 모두 아무리 걸어보아도
첫걸음에 시든다
환하게 이목구비 흩어져 서로 다투는 듯
서로 자랑하는 듯
또 다른 내가 더 예쁘다고 내가 내 위에서 군림한다
사람들이 와서 예쁘다고 하면 씁쓸하다로 들린다

사랑을 동어 반복同語反覆 형식으로 고백하다
혀가 자꾸만 헐었다
한 나무에서 다른 가지로 갈라진
간절한 말들이
무엇을 인도하는가
그리움은 또 견딘다는 말로
견딘다는 말은 떨어진다는 말로 들린다
꽃잎이 무리 지어 천상으로 올라가는 온도에
꽃이 필수록 햇살이 늘어난다
목마른 사월 하늘에
멸치 풍년
꽃 풍년
내 벚꽃
이목구비 다 꽃으로 피어 온전한 얼굴 하나 없어도
허기진 세상 봄나들이 중이다

풀벌레 울음소리

가을이 오면
하늘같이
바다같이
무엇을 보고 무엇을 느끼는지
온통 풀벌레 울음뿐

가을이 오면
하늘 보고 익어가는 곡식들
잎사귀 쥐었다 놓는 바람들
어쩔 수 없이 이별이 서러워
온통 풀벌레 울음뿐

대숲을 흔드는 바람 소리에 놀라
노을빛 사라졌다고
밤이 깊어졌다고
기어코 꺼낸 진심
온통 풀벌레 울음뿐

달빛을 따라 아득히 먼 길을
새가 울면서 날아오르고
세상이 흔적도 없이 어둠에 묻히는데
아무리 목이 터지라 사무쳐 불러도 대답 없는 적막이 서러워
온통 풀벌레 울음뿐

걸음을 멈추는 구두들
검은 소금처럼 녹아내리는 어둠들
삶인가 죽음인가
외쳐 이름 불러 보고 말을 걸어보고
선한 달의 무늬를 몸속에 새겨보지만
온통 풀벌레 울음뿐

모감주나무

모감주나무 좀 봐요
번개가 치면 나무뿌리까지 흔들립니다
비 오는 날 무환자나무 밑은 조용합니다
여름에 노란 바퀴를 돌리면 피운 꽃은 더욱 아름답습니다
영춘화 산수유 풍년화 봄에 노란색이 많은 것들과는 사뭇 다르
지요
노란 꽃 피우는 모감주나무 너는 젖어있어도 우아합니다
태안반도 여름은 황금빛 꽃 물결로 파도쳐 사무칩니다
흔히 볼 수 있을 것도 같은데 흔히 볼 수 없는 저 희귀한 나무
태안반도 바닷가에 아름다운 모감주 군락지가 있습니다
가을은 파도에 떠밀려 변방에 모감주 알이 왔다 갔다 합니다
알은 깊숙한 바다를 맛본 씨앗
열매는 풍선초 꽈리를 닮았어요
바다 깊숙한 곳에서 숲의 고요한 꿈을 동그란 알몸으로 꾸기도
합니다
숲과 바다를 걸어온 구슬 만고풍상을 잠재울 씩씩함도 도도함
도 맘에 듭니다
기웃기웃 바람 소리도 밤알 냄새도 가라앉히고 온 마지막 걸음
은 조용한 절간입니다
나뭇가지에 맺힌 한 알 한 알의 이 세계에 무엇이 또 있을까요
절집 작은 탁자에 구슬이 있습니다 실이 있습니다 빛이 있습니다
붉은 태양의 심장이 있습니다 그 빛을 손에 들고 하늘과 땅의
통로를 찾습니다
들어갑니다

투명하고 푸른 구슬의 중심으로 내가 작은 구멍을 찾아 들어갑니다

빛이 들어갑니다 바람구멍으로 실이 들어갑니다

구슬의 중심과 구슬의 중심에서 두 번째 구슬이 들어갑니다 세 번째 구슬 네 번째 구슬도 들어갑니다 절집 탁자 위 모든 구슬이 이어질 때까지 실이 끝날 때까지

구슬 같은 새가 절도량 은행나무에 앉아서 요정처럼 샹송을 노래합니다

아무도 귀 기울이지 않는 노래를 오랫동안 부릅니다

절간 지푸라기까지 밟는 목어 소리 울립니다

모서리도 하나 없는 첫 번째 구슬을 꿰매고 다음 구슬은 구슬 그림자를 튕기면서 꿰맵니다

동그랗게 한 알 두 알 무리 지어 박힙니다

우주의 중심을 관통하는 구슬이 우주를 돌고 있습니다

빛을 수 놓은 반짝이는 그 구슬 내 속에 들어와 내 캄캄한 오장육부까지 들어와

내 붉은 심장이 벌떡벌떡 뜁니다

구슬이 방안을 꿰맵니다 구슬이 절도량을 꿰맵니다 내 웃음을 따라 내 울음을 라라

구슬이 부풀고 구슬이 빛을 당기고 하늘을 당깁니다

그 구슬 실 없어질 때까지 그 구슬 다 없어질 때까지 세상 바람이 멈출 때까지 꿰맵니다

조팝나무

불연속적으로 눈이 흩날립니다
앉아서는 먹을 수도 없는 하얀 밥이 여기저기 가 닿고요
먼발치에서 쌓이던 희디흰 밥이 내 옷에 날아와 붙었습니다
털어도 털어도 밥알은 떨어지지 않습니다

질기고 질긴 밥알의 긴 역사

사람은 배고프면 무엇을 만들까요
솥 안에 밀어 넣고 싶은 곡식알들이 없어도
감자 고구마들 착하다고 말해도 되나요

밥을 먹지 못해 손가락이 아팠습니다
머리가 아팠습니다
검은빛으로 그을린 정다운 만큼 가벼운 초가
그걸 공포라 할 수 있나요

세상에 평범한 사랑은 없습니다
지독한 것은 지독해야
지독한 하루가 지나갑니다

골목에서 구수한 냄새가 납니다
장갑도 끼지 않고 가시나무를 베어 먹을 만큼
배가 고팠습니다

하얀 밥알이 핀 조팝
왈칵 떨어져 땅 위에 굴러다닙니다

거북 공원 벤치에 앉은 할아버지
발등 위에 떨어져 내린 하얀 꽃잎들이
바람에 날아올랐다 앉았다 합니다
가볍고 불편한 것이지만
배가 고픈 사람들은 눈으로 허기를 채우려 합니다

하얀 눈이 옵니다
꽃말은 무엇일까요
습한 냄새 맡으면서 눈을 감았습니다
안개 속으로 뛰어들면서
끈적한 한 세기 전 살았던 사람의 순한 눈을 보았습니다
순한 꽃을 보았습니다

야생 나무

1000년이 넘은 연수사 은행나무는 가지도 많고 계단도 많다
죽은 가지 밑에 새 가지 나고 죽었다 살았다 1000년의 긴 세월
수만 년도 수억 년도 넘는 야생의 긴 역사
수억 겁도 넘는 생멸의 긴 역사
사람 사는 세상도 수많은 가지 수많은 계층
계단도 높고 길고 오각형 사각형 삼각형 각도 높고 벽도 높아
하늘을 찌른다
야생 나무는 가지 하나하나 계단 하나하나 모두 영역을 확장
중이다
늘어져 붙은 가지는 세상을 깨끗하게 한다
손끝 발끝까지 땅끝까지 우주 끝까지
이슬에 젖은 가지와 잎들을 가득 실은 나무 심지는
산비탈에도 급경사에도 흔들리지도 쏠리지도 않는다
대자연의 법칙 대 우주의 법칙
무릎의 연골을 거대한 흡반으로 만들어 위로 아래로
앞으로 옆으로 하늘과 땅으로 가는 길마다 모두 정교하게 만들어
보이지 않는 천국으로의 계단을 올라가고 내려오고 있다
가장 낮은 계단부터 가장 높은 계단까지 늘어진
국적 불명의 붉고 푸른 손과 발 검고 흰 손과 발
무지갯빛 햇살

경계가 없는 나무의 손과 발은 수만 겁의 바람도 견디고 수천 겁의 태풍도 견딘다
　　이 세계는 한 지붕 한 가족
　　뿌리는 옆으로도 자라고 밑으로도 자라고 위로도 자란다
　　땅을 뚫고 지상으로 힘찬 발차기조차 한다
　　우주 무주 나와 너 나와 너
　　달 속으로 들어갔다 별 속으로 들어갔다 태양 속으로 들어갔다
　　돌고 돌며 또 돌고 돌며
　　밀물과 썰물까지 막막한 거리와 가까운 거리까지 막막한 경사와 가까운 경사까지
　　죽은 나무의 손발이 뚝 뚝 떨어진다
　　무성한 나무껍질들이 사방팔방으로 소용돌이친다
　　시신의 냄새가 없다 죽음의 냄새가 없다
　　심지의 구멍은 비어있다
　　촛불의 심지에도 불이 없고 태풍의 심지에도 바람이 없다
　　나무의 구멍마다 생명이 있는 듯 없는 듯
　　계절의 끝도
　　가혹한 세상의 끝도 있는 듯 없는 듯
　　바람이 불어 물결이 거꾸로 산다 바람이 불어 물결이 바로 긴다

두루미

마른 풀의 채취 두 발로 누르고 서서
검푸른 물의 흐름을 휘젓는 재두루미
긴 목으로 강 위에 떠 있는 안개를 마신다
나는 선학 선금
낙엽은 흩날리고 내 뒷모습은 발자국뿐
목으로 넘어가는 물 한 모금이
진한 와인 한 잔일까
어쩌지 하늘 한 점 낚아채서 해를 삼킨다
해는 기울어 좋은 시간 내 마음 따뜻해 온다
소나기처럼 퍼붓는 시간 내 마음 따뜻해 온다
소나기처럼 퍼붓는 사람들 소리 들리지 않는다
구름은 천천히 옷을 벗고 황혼은 오래된 표정을 지으며 멀리서
다가오고
시간은 하늘과 땅 강에서 흩어진다
내 몸이 내 마음에서 멀어질 때까지 혼자 서 있다
책갈피의 단풍잎처럼 잠든 표정을 짓는다
어쩌지

무덤같이 수그러드는
이 크고 작은 어둠들의 크고 작은 무거운 호흡들
물의 카페에서 탁 선학의 날개 언제 펼칠까
흰털 하나 보이지 않는다 여백조차 보이지 않는다
물의 끝은 어디인가
땅의 끝은 어디인가
하늘의 끝은 어디인가
어쩜 중요한 건 기다림일까 자음과 모음이 분리되지 않는다
쿵쿵 땅을 내리찍는 차량의 굉음
쿵쿵 하늘을 내리찍는 항공기의 날갯짓
달 아래 책장을 넘긴다 책 속의 단풍잎이 곱다
거짓말처럼 열리는 달의 둥근 입술
나도 너도 모르는 욕망의 신음 조용해진다
나는 숲의 모든 나무를 끌어안아 본 적이 있었다
나는 나의 온몸을 끌어안아 본 적이 있었다
잿빛으로 뭉친 털이 오늘 밤에는 별이 될까
영혼까지 모두 불러들이는 저녁 으스름

폭포

산으로 가는 길은 인에서 먼지 얼려있다
나는 무엇을 위해 그렇게 성실하게 울고 있나
산과 산 사이 크거나 작거나
항상 낮은 곳으로 모여들어
천진무구한 청춘을 다 바치려
굳은 합장 하고
물이 물을 넘으며
죽을 듯이 내가 나를 넘으며
수직으로 일어서는 듯
수직으로 떨어지는 듯
몸을 내던진다
모진 목숨 뒤돌아볼 것도 기다릴 것도 없는
순백의 소리가 멀리멀리 메아리친다
나 여기 와 결심한 봄날의 불꽃이여
수직의 말 줄임표로 울부짖는 가슴이여

젖은 속눈썹 끝도 여린 속살도 모두 파란 날 세워 함성을 지른다
열린 입이 발가벗은 함성이 천둥 친다
마음의 빗장도 세상의 시간도 사라진다
콧김을 뿜어대는 구름도 낮달에 비친 욕망으로 덧칠한 발자국도
예기치 않은 여인의 동그란 입술도
권력으로 덜거덕거리는 오만함도 모두 모두 투명하게 씻어버
리고
나 여기서 몸을 던진다
폭포는 큰 귀 하나 절벽에 걸어놓고
이 산 저 산 구름까지 멀리 날려 보내고
온 세상이 떠나가도록 울고 또 운다
제발 입 좀 닥치라며 두 눈을 사납게 찌푸리는
절벽을 쿵쿵 내리찍는 저 힘찬 기합 소리
벼랑 끝에서도 죽을 듯이 살라 한다

안개

안개는 풍신 같아서 찢어지기 쉬워요
흩어진 몽당연필을 하나하나 쌓아 올려요
하지만 당장 숨길 곳을 여기저기 찾아다니다 날아오는 주먹을
피해
졸고 있는 바람에게 안겨 숨어버려요
집 나간 나를 찾아 어머니가 허공을 떠돌아다녀요
잉크가 흘러나오는 끈적이는 공부방이 싫어요
엎질러진 물은 소란스럽지만
허공에 드러누워 길게 변명을 늘어놓아요
행복한 비밀은 참기 어려워서 오래 간직하지 못해요

안개는 빈방
목소리는 하얗죠
바닥을 손바닥으로 닦으면 보이지 않던 비밀이 보이기 시작해요

누워있다가 다시 일어나요
여행은 트렁크 속에서 이야기가 가득하고
돌돌 말린 이야기 속에는 주변에만 붉은 비밀이 별처럼 박혀있
어요

누워있는 사람을 가만히 세웁니다
가물거리는 어제의 일들이
눈과 귀를 먹고 이제 손가락을 먹어요
조용한 안개는 바람 같아요

거품 목욕한 남자
안개 속에서 출구를 찾아요
들끓는 욕심 오늘도 길을 돌고 있어요
길을 걷는 말간 햇살에 하얀 속살이 화상을 입으면
한순간 대답도 없이 나는 사라질 테죠
안개 속에 잠긴 시름 안개처럼 사라지는 아침
나는 물방울이 될까요 연기가 될까요

그냥 안개더냐

아버지가 손가락 끝으로 달을 가리킨다

나는 손가락 끝만 바라보고 달을 보지 못한다 어제는 비가 왔다 수목은 계속해서 커졌다

깨어보니 베란다 바깥은 하얀 안개뿐 고층에 산다는 건 허공을 이해한다는 말이 적절한지 집들은 마치 하늘의 별 같기도 하고 고립된 섬 같기도 하다 식구들은 아직 침대 위에 몸이 구겨져 구름처럼 잠들어 있고 나는 식구들이 오늘따라 외계인으로 보여 가족으로 받아들이기 힘이 들고 집을 휘감고 있는 하얀 배경도 무중력상태다 나는 눈을 자꾸 깜박거리며 안개 속에 끼어들었다 하얀 목티에 나는 깊이 목을 넣는다 나는 둥둥 높은 하늘로 떠올라 안개를 잡아보려 손을 길게 뻗는다 아무것도 잡히지 않는다 삶인지 죽음인지 안개가 나를 휘감아버리면 나는 안개 속에 갇혀 있어도 안개가 보이지 않는다 안개 때문에 나조차 보이지 않는다 이처럼 실체가 없는 단단한 허상 나는 온열동물 습관처럼 유리창에 손자국을 남긴다

자꾸만 유리창으로 날아들어 머리를 박는 바람도 안개도 언젠가 이슬이 된다고 하니

누가 이 이야기 속에 끼어들고 넘어가 눈물을 흘리고 맑은 눈을 하고 있을까

따뜻한 안개 사라지는 안개

그리고 안개 너는 동시에 강 위에서 숲 위에서 집 위에서 사라
지는 감각
  어떤 사람은 보이지 않는 것이 더 많이 보이는 것이라 하고
  보이지 않는 것이 또 나에게 더 가까이 다가와 있다고 한다
  안개가 안개를 잡아먹는 건 이상하다
  더 완벽해지기 위해 투명한 감정들이 집결되어 그림자까지 다
버린다
  몸이 있어도 몸이 없다고 한다 아가리도 이빨도 없다고 한다
  나를 버리고 나면 남겨진 나는 없다
  셔츠에 팔을 넣는다 팔이 잘 들어간다
  셔츠에 목을 넣는다 목이 잘 들어간다
  안개가 자꾸 웃으며 날아간다
  안개 놀이를 통해 새를 새장에서 날려 보낸다
  지금 안고 가려는 게 이 세상에 없다면
  이곳이 아닌 하얀 동그라미는 편안한 마음은 어디에 있을까
  나는 자꾸 물과 바람에 풀어져 버리는 굳은 물감 같잖아
  끝이 없는 이 세상 끝이 없는 굳은 물감 다 사라지면 누가 죽
었다 말할까
  또 안개 속으로 늘어가 안개로 사리졌다 말할까
  결국 바람에 흔들리며 산 삶이 아니더냐

늦은 가을

계절이 지나가고 나는 말라가고 있다
산기슭에 강에 가난한 이웃들의 크고 작은 체온들이
오후 짧은 햇살에 너덜거리고 있다
바람은 길모퉁이를 날려버릴 듯이 낙엽을 휩쓸어 가고
다시 돌아올 길을 생각해 두었는지 달달달 손잡이가 흔들리며
동시에 두 곳을 세 곳을 더 갈 수도 있다는 듯 여기저기 갈라져 흩어진다
가끔 누군가 시끄럽다는 한마디에 토라져 버리기도 한다
가을은 예언이었음을 느낀 건 내 귀일까 눈일까
붉게 날 선 낙엽의 떨려오는 숨결들
훔쳤던 무거운 눈물도
지문도 하나둘 사라지고 동그란 입술과 동그란 몸뚱이 여기저기 찢겨나간다
계절은 큰 옷을 갈아입기 위한 입덧을 하고
차마 놓지 못하는 것들도 다 도려버리는 환상의 호흡법
절식하는 나무 향기 짙어진다
자꾸만 차가워지는 몸 선한 피를 흘릴 때인가
내가 바퀴를 한 개 돌리면 바람이 바퀴를 두 개 세 개 돌린다
유모차에 몇 가지 물건을 태운 여인이
목덜미 깃을 세우며 횡단보도를 건너간다

얼굴이 눈에 띄어서는 안 되는지 머리까지 윗옷을 올리고 유모
차 가림막까지 닫는다
　말을 걸어도 숨소리 하나 내지 않을 듯이 등만 보이고 유모차
를 밀고 간다
　가을은 허기진 시간도 버려야 한다는 듯 철 지난 묵시록 같은
낙엽이 밟히며 굴러간다
　나는 낮아진 돌담 사이를 지나 연립주택 쪽으로 걸음을 옮기고
　모든 바람은 늦은 가을에 이르러 예언이 되는지 낙엽은 뚝뚝
떨어져 천지에 날아다닌다
　입덧하는 앙상한 나뭇가지들은 새움이 돋아 구역질한다
　기른다는 것은 얼마나 힘든 일인데 그만큼의 시련이 필요한 법
　앙상한 나뭇가지에서 새소리가 들린다
　나는 내 몸속의 과식한 살을 도려내야 한다
　나는 어떻게 태어났을까 그게 기억이 나지 않아 더 신성해질까
　욕망을 다 버려도 가지가 따끔거리는 목
　이파리 없는 비밀을 뼛속에 품어보는 나무의 앙상한 고백
　나는 나뭇가지에 아무것도 맺힌 것이 없는 나무를 바라보며
　새로운 집에 감미료로 쓸 겨울을 서둘러 이불 속에 품고 생명
을 잉태한 채
　숨소리 하나 내지 않고 안방을 꿰차고 있다
　구름이 끝이 없는 하늘 바람이 끝이 없는 땅에서

낙엽

낙엽은 날개 없는 새
온몸을 내어 주고 툭툭 떨어져 내려
오체투지五體投地 하는 광신자
이쪽으로 기우뚱 저쪽으로 기우뚱
하루에 골백번
주인 없는 몸
반항하다가 순종하다가
어디로 갈까
새 한 마리 두 마리
새 다섯 마리 열 마리
또 한 마리
금색 은색 옷 입고
머리 꼭대기에서 심장까지 나무못 박고
하늘 높이 날아오른다
땅 위에 구른다
바람길을 막는 저 처절한 몸부림
가을은 고독해진다 곤두박질친다
발밑에서 앉았다 일어났다
바람이 간다고 울고 낙엽이 진다고 울고
바늘로 꾹꾹 찔러대는 추위
구른다 몸도 마음도 다 내어 주고
노을 따라가는 저 황홀한 맨발
근황을 묻는 달빛만 수심이 깊다

달

달은 빙산이 되어 은빛을 풀어헤친다
입술도 입도 없다
입이 늘면 고단한 삶을 아는지
입술이 놀면 삐죽거리는 삶을 아는지
달은 둥글기도 하다
풀잎을 흔드는 바람이
이쪽으로 불고 저쪽으로 불고
오래된 마을 벽화에 환한 달이 찍힌다
몇 겹의 정적이 마을을 감싼다
왼쪽의 벽면에 고무신이 허공으로 떠오르고
오른쪽의 벽면에 대나무 숲 그림자가 일렁인다
흑인의 발 같은 어둠은 자전의 방향으로 따라가고
달빛이 하얀 뼛가루처럼 부서지는 밤
일을 마치고 돌아오는 걸음에
후생의 뒤가 묻어 있다
바람이 마을 벽화를 흔들고
멀리서 짐승의 울음이 산허리를 넘어간다
이생의 배경 밖에 서 있는
저 달이 내 영혼일까
달이 나를 안고 하루의 순례를 마치고
신발장까지 고스란히 따라왔다

별 이야기

날리는 먼지들이 눈에 자꾸 끼어든다
빠지면 다시 헤어날 수 있는 깊이도 모른다
몇만 광년 매달려서
닫혀 있는 문 열고 또 연다
높은 하늘을 다 두르고
누군가 내다 버린 꽃무늬 이야기들로
무거운 여름 하늘 나눠 이고
떴다가 감았다 점멸하는 등대처럼
눈에서는 깜박이며 반짝여서
되돌리고 되돌려
출처를 밝힐 필요도 하늘에선 없다
아기도 들만한 크기라 찾기가 쉽지 않겠지
오늘도 먼 길 돌아 몸을 뜨는 구름들
무덤 삼아 수그러드는 무거운 물의 호흡도 밀어내고
구름을 지나왔고 사막을 건넜다
빠지면 나오지 않아 없다고도 할 수 있을까
왔다 간 자리 또 온
불멸의 그 자리
국경도 없는 곳에서
누구나 즐겨 찾는 저 환상의 호흡
하늘마저 탁
놓아버린 시간
태양 달 지구를 도는 천체

달나라 별나라

달나라 별나라 하늘나라
태양아 달아 별아
개기 일식 개기 월식
일식 월식 모두 다
돌고 돌아 아름다워라
평화로워라 행복하여라

이슬에 젖어 걷고 있다
눈에 젖어 또 걷고 있다
이슬아 눈아
멀리 있어도 가까이 있어도
돌고 돌아 아름다워라 평화로워라 행복하여라

멀리서 가까이에서
성가 소리 들린다
이 산에서 저 산에서 성가를 부른다
아름다워라 평화로워라 행복하여라

나는야 나는야 이별 없는 집 찾아간다
하늘의 밝은 빛도 땅의 어둠도 나는야 나는야 찾아간다
손가락 사이로 보이는 아름다운 구름 찾았다
달나라 별나라 하늘나라 돌고 돌아 아름다워라
평화로워라 행복하여라

파랑波浪

달빛이
부스러진다

달은 여민 옷깃을 풀고
붉은 입맞춤으로 타들어 간다

심장이 타들어 가는 짐승들의
괴로운 숨소리마저
흐느끼고

이 파랑은 네 몸에 내 입을 맞추던
그날 밤의 멈춘 기억을 풀어놓는 것이다
동맥과 정맥을 단숨에 분리하는
기나긴 폭풍이다

당신이 가라앉으면 나는 일어서고
내가 가라앉으면 당신이 일어서고

멈추지 않는 심장박동

해수욕장의 태양은
뜨겁게 피고 또 지고

파랑은 끝없이 무심한 표정으로 출렁이면서
절벽처럼 아득히 일어선다

세상에 바람 소리 해파海波 소리
달 아래 책장 넘기는 소리
너와 나 눈물이 되고
추억이 되고
수심이 되어
기나긴 물굽이를 돌고 돌면서
서서히 너도 사라지고 나도 사라진다

오래된 표정을 지으며 파고드는
뱃고동 소리 저 멀리 수평선을 흔든다

계절이 지나가는 자리에

계절이 지나치고 나는 말라가고 있다
전기선 속 크고 작은 집 이웃들이
여름 햇살에 너덜거리는 하루
문득 바람이 낙엽이 될 것을 아는 예언
저 산 너머의 산 한 편을 본다
전봇대 속 가난한 영혼들의 늪에 사는 우두머리 괴물들
내 눈이 작아졌기 때문일까 아니면 해의 귀가 커졌기 때문일까
작은 슈퍼를 빠져나온 나는
목덜미 단추를 풀고 길을 건넌다
사시사철 파란불 빨간불 들어오는 신호등 밑을 가로질러
반지하가 있는 연립주택 쪽으로 가면 등 굽은 살구나무가 한
그루 있다
높은 곳의 질서를 지하까지 수런거리는 듯
불볕이 머물 수 없는 곳 그 나무 밑은 나만의 동산
나무의 생애라도 담아내듯
제 몸을 태우며 푸르게 달아오른다
모든 바람은 나뭇가지를 딛고 초록빛 꿈을 꾼다
필요한 것만 뽑아서 적은 나뭇잎의 계시는
욕심의 찌꺼기를 지우라 하는 것이겠지
바람에 건조된 분량만 웅웅거리는 저 적개심 가득한 아스팔트
와 콘크리트가 지지직 죄다 몸이 말라가지만
습기 찬 반지하는 강렬한 햇빛을 녹일 줄 안다

고작 저기 저 하늘 자리

한 방울 눈물도 없는 해가 나도 별 중의 별이라며 한 눈 부릅 뜨고 나를 맹렬히 쏘아보면

떠돌이 별들이 절룩대고

한여름 눈 부신 햇살이 세상을 두드릴 때 연립주택 앞 살구나 무는

제 몫의 짐을 온몸으로 가늠하는 잔털들이 툭툭거리고

흔들리며 살 채우는 오래된 자연의 대서사시와 미래의 예언서 를 쓴다

막간의 틈을 비집어 나는 살구나무 밑의 나무 의자에 앉는다

손아귀 담뱃불 연기 속으로

산골 마을 뒷들 한켠 옷을 더 벗은 살구들이 여기저기 떨어져

가슴속에 수런거려 금방 입에 침을 삼킨다

바람은 고아일 수도 있고 혹독한 삶일 수도 있지만 뚝뚝 베어 먹으면

깊은 숲이 향기로운 롱테이크를 하고

늙고 지친 얼굴의 사내 하나 미소를 머금는다

계절을 걷는다

나는 걷는다
바람이 오는 길을
나는 걷는다
꽃잎이 오는 길을
하늘거리며 걷는 나의 뒷모습은
출항하는 바다에 비친 등불 같다
돌아서고도 싶었다
도망치고도 싶었다
다시 오겠다는 편지도 쓰고 또 쓰고 싶었다
땅에서
물에서
말없이
옷을 다 벗고 달빛에 기대어
부스러진다
푸른 입맞춤으로 타들어 가는 시간 속에
나는 버림받고 나뒹군다
지나가는 계절 끝에
눈물 한 방울 남지 않았다
바람이 차다

3
고독한 시

고독한 시

보이는 게 전부였죠
두메산골 이른 오전
외딴집에 마음이 이끌려 온몸을 내어 주고
툭툭 떨어져 내리는 낙엽을 밟고 걸어 봤죠
그 발걸음 호젓해서 고독해졌죠

새 한 마리 허공으로 날아오르고
한 줄기 바람이 맴을 도는 외딴집
대나무 숲 그늘이 햇살을 키울 때
나는 하얀 나비 핀을 꽂고 그에게 편지를 쓸까 생각했죠
아니 이리 걸을까 저리 걸을까 새까만 맨발로 망설여도 봤죠

이 생각 그치고 나면
이 바람 그치고 나면
편지를 쓰지 못해 더 그리워지면 어쩌죠
대나무 숲에 못을 박아대는 저 바람 소리가
내 생의 비밀은 발설하지 않겠죠

외딴 산골 반짝이는 이슬에 이끌려
귀뚜라미 운다고 시를 썼는데 귀뚜라미 울음소리 그치고 나면
시는 노을을 따라 저승으로 건너가면 어쩌죠
알 수 없는 시는
주문 없이 항상 나오는 식탁이면 얼마나 좋겠어요

물을 도는 꿈

물의 심장을 가진 작은 물고기들이
아기 같은 예쁜 모습으로 물장구를 치고 있다
앞으로 갔다 뒤로 갔다
옆으로 돌았다 위로 올라갔다 물 밑으로 들어갔다

아무것도 없는 강 속에서 회전문이 돌고 있는지 생명이 윤회하
고 있는지
그냥 물고기가 돌고 있는 것인지
햇살이 뜨거운 방향을 향해 솟구치기도 하고
물속으로 더 들어가기도 한다
햇볕이 햇볕을 부르고 햇볕이 햇볕을 따라가고
입을 쫑알거린다.
나는 그 말을 알아들을 수 없다 들리지도 않는다
밥을 먹고 있는 것인지 물을 먹고 있는 것인지
노래를 부르고 있는 것인지
혹 무리를 지어 혹 혼자서 노는 듯이 살고 죽은 듯이 놀고 있다
사람 사는 세상 같기도 한 듯
바람이 부는 방향을 알고 있는 듯 뾰족한 돌이 있는 곳을 피해
갈대 누운 방향으로 순한 결을 따라
참 예쁜 꼬리를 흔들며 갈대 속을 물속을 편안하게 헤엄쳐 다
닌다

꿈과 현실의 거리를
그 작은 생명들이 알고 있는 것인지

꿈인 듯 현실인 듯 현실인 듯 꿈인 듯
서로의 안전거리를 잘 지키며
부딪힐 듯 옆으로 도는 예쁜 물고기 세 마리
앞으로 가는 예쁜 물고기 다섯 마리

삼삼오오 무리를 지어 노래를 부르며 같이 살고 있다
물고기 춤을 추면서 놀고 있다
울음이 쌓인 날에는 마냥 울고
웃음이 쌓인 날에는 마냥 웃고
가까워졌다 멀어졌다

붉은 낙엽 한 송이 둥둥 떠내려온다
물고기는 침대로 아는지 밥으로 아는지
낙엽 밑으로 숨는 놈
낙엽 위에서 배를 붙이고 입으로 먹는 놈

사방팔방 빛이 밝았다
한 줄기 빛이 돌고 있는 것인지 오고 있는 것인지
가고 있는 것인지 나는 알 수 없다

내 눈이 그곳을 빠져나간다
예쁜 물고기가 빠져나간다
물고기가 먼 곳으로 빛을 따라가면 상상일까 이별일까
돌아서지도 돌아보지도 않는다
진주 경상대학 응급실에 나는 누워있다
맑은 웃음이 되었다 고운 말이 되었다 서로를 보고 있다
이제 물고기는 나를 쳐다보지 않는다
나의 맥박 수치를 알리는 심전도 그래프가
멈췄다
그 사이 새소리가 나고 바람이 나를 빠져나간다
지하인 듯
웃음인 듯 울음인 듯

물결인 듯
계단 없는 물소리 졸졸 좋은 추억 졸졸 가물가물

꿈

꿈인 듯 생시인 듯
꿈이라는 단어를 떠올리는 것만으로도 행복합니다
창가에 서서 콧노래를 흥얼거리는 내 모습
때로는 사막에서도 눈꽃이 활짝 필 때가 있습니다
자두나무에 망고 달리고
사과나무에 바나나가 달리는 기적이 일어났습니다
꿈을 꾸고 있는 모양입니다
아득한 하늘에 별 이름 부릅니다
아득한 하늘에 달 이름 부릅니다
천지가 눈꽃입니다
겨울의 끝 봄을 알리는 시간에
고통의 끝에서 생명의 문이 열렸습니다
시장 골목길에서 묘목을 파는 청년의 얼굴이 붉습니다
요놈은 자두 저놈은 사과 또 저놈은 복숭아입니다
푸른 생명 하나 없는 사막입니다
우주가 돌아가는 통로를 기억하는 중입니다
이 세상에 없던 하늘이 꿈에서는 보입니다
꿈뿐인 꿈 꿈도 아닌 꿈을 꾸고 있으면 나는 즐겁습니다
나는 행복합니다
사막으로 계절을 끌고 오는 사람이 보입니다
시장에서 망고 바나나 자두 사과를 파는 사람들이 보입니다
이 세상 저세상 꿈을 꿉니다 온 세상 달콤한 꿈을 꿉니다
하늘로 갔다 땅으로 갔다 땅 밑에 숨기도 합니다
따뜻한 햇살들 촉촉한 물기들

설핏한 사람 얼굴 아름다운 새소리
무지개에 갇힌 바람 구름 별
날아다니는 새 한 마리 두 마리 보입니다
날아다니는 사람 한 명 두 명 보입니다
조용한 허공이 놀랄까 봐 아무 소리도 없이 모두 조용히 날아
다닙니다
달도 별도 태양도 깊은 숲속에서 놀고 있습니다
아무리 숨겨도 보이는 심장처럼 펄떡거리는 생명들
꿈인 듯 꿈인 듯

삶 따로 꿈 따로

성자 씨는 도시 아파트에서 캡슐 커피를 내리며 산다
전화로 통화하는 내내 북상하는 봄소식이 지지직거린다

시골 사는 차숙 씨는 자연 향 홍국을 매일 마시고 살아도 흙
속의 흙을 모르고 산다
넓은 나뭇잎 우수수 사라지고 나면 봄이 오려나 짐작할 뿐

성자 씨는 호수공원 데크에 수많은 발자취가 찍혀 있는 것을
보았다
발자국을 보고 신발의 사이즈를 맞추기란 불가능에 가깝다
하늘에서 다가와 고인 물이 있었다 성자 씨는 메마른 땅 위에서
흐르지 않는 물에 대해 죽음이라고 부르고 있는데
그 속에서 수천 마리의 작은 생명이 태어났다
앞으로도 수천 마리 더 태어날 것 같았다

녹유이 거추장스러워지는 늙은 정류장은
이따금 시간을 빼버리기도 하지
오일장에 나온 차숙 씨
넓은 나뭇잎 하나 떨어지듯 버스가 선다

전철 어디선가 가족이 타고 있다
아들의 아들 엄마의 엄마
그들은 이제 아들과 엄마를 조금 벗어나고 있을까

냉장고가 돌아가는 성자 씨의 집
　급냉동 된 찜닭 생선들도 우리도 가족이라 불러주라고 할 것
같다

　숲과 초원은 아파트가 망가트린다

　시골의 차숙 씨는 수백 마리 양 떼를 몰고 다니는 꿈을 꾸며 산다
　달 아래 책장을 넘기고 가슴에 달을 품고 산다

　성자 씨는 도시에 가족들과 함께 산다
　벽 속에 갇힌 인공 숲과 인공초원
　그곳엔 봄은 올까 눈은 내릴까
　흔들리는 날씨를 점치는 것은
　잎사귀 쥐었다 놓는 바람의 손이겠지
　생이란 매일 피가 도는 일이겠지 출렁이지 않는 바다를 보았나
　오래된 표정을 지으며 파고드는 저 뱃고동 소리
　아름다운 꽃 피는 풍경도 눈 오는 멋진 홍취도 보여줄까

오늘의 나

우산이 없는 날엔 비가 옵니다 하나의 점 안에 내가 갇혀 있어서일까 어릴 때부터 그래 왔습니다 열리지 않는 상자가 가득했는데 비어 있는 상자가 있어도 모아 두었습니다

감나무 밑에 떨어진 홍시를 까마귀가 쪼아 먹습니다

우리 집에는 세 시에는 아홉 시를 가리키고 정작 아홉 시에는 열두 시를 가리키는 시계가 있습니다

하루에 한 번도 맞지 않습니다 맞지 않아도 마음이 편안합니다

우리 집은 조용해야 할 때 시끄럽고 시끄러워야 할 때 조용합니다

우리 집은 창문이 많습니다 바깥세상을 많이 보고 싶어서입니다

사과 한 알에도 세계가 있고 나뭇가지의 열매를 보고 있는데도 사과가 떨어집니다

사람들의 목소리가 귓속으로 들어오면 사람들을 알 것 같았습니다

나는 집을 닦고 창문을 닦습니다

옆집에도 사람이 살고 앞집 뒷집에도 사람이 살고 있습니다

우리는 인사성이 어둡습니다 한 번도 말해 본 적이 없습니다 말을 걸지 않아서 우리는 늘 평등한 관계가 지속됩니다

그래서 똑같은 집에서 똑같은 창문을 쓰고 똑같은 물을 먹습니다 쓰레기봉투까지 같습니다 대부분의 사람들은 시계가 없습니다 그날의 일기도 그날의 운세도 그날의 시간도 핸드폰 속에 다 있습니다

식물은 물과 햇볕을 먹으면서 자라나고 사람의 병도 그렇게 자랄 것입니다

선글라스를 쓰면 사람이 유령처럼 보일 수도 있습니다 누군지 모르는 사람들이 누군지 모르는 사람들을 그렇게 스쳐 지나갑니다

그림자는 벽을 건너 지나갑니다

밖은   어제보다   더   커져   있습니다

빛을 따라가면 항상 집 밖입니다

하늘   구름의   파동을   이고   사는   나는

우산이   없는   날에   자주   비가   옵니다

길 위에 있을 때는 귀천도 없고 신분도 없습니다 다만 길 위에서 야생화를 보는 날은 내 얼굴도   하   얘   집   니   다

나의 그림자

한줄기 영감으로 걸어가는 사내
어둠 속에 몸을 의지하고 달빛을 더듬는다

강물은 평화를 위해 흘러가는지
절벽을 손으로 만지며 휘도는지

고추밭 지지대의 새벽
잉크병에서 흘러나온 끈적이는 어둠

길게 서 있는
사람인지 짐승인지
머리는 하나도 보이지 않고
뱃구레만 큰 괴물 하나

그리움을 견디는 것인지
외로움을 견디는 것인지
말 줄임표로 서 있고
허기진 그림자가 서 있는 듯 걸어가고 걸어가는 듯 서 있다

힘센 어두운 빛깔의
강물은 소란스럽고

슬그머니 어둠이 이웃이 되어 눈물 글썽이는 듯
큰 괴물 하나 제 몸무게만큼 땅에 주저앉아
알알이 곱새기는 듯
제 뱃속 꼭꼭 채우는 듯
희미하게 보인다
발도 손도 보이지 않고
네 속도 없고 겉도 없다
새벽바람 앞에
서서히 그 괴물체는 불빛을 받아
희미하게 보이기 시작한다

나는 나보다 큰 그림자를 데리고
홀로 강변 산책로를 걷는다

오늘의 집

가장 낮은 계단부터 높은 계단까지 늘어진
건설 업자의 손끝
반짝거리는 푸른 별과
몇 개의 동
이 동네에서 주민의 수와 호수를 알 수 없다
밀물과 썰물이 막막한 달을 붙잡고 부서질 뿐
별이 든 방에는 깜박이며 반짝이고
출처를 밝힐 필요가 아무에게도 없었다
별이 담기는 깊이마다
하늘을 지나 허공을 걷고 있다 바람이 전하는 흙냄새는 아득하
기만 한데
땅에서 이삿짐을 가득 실은 트럭이
비탈에도 흐르지 않는 날씨와 경사를 버티는 발이 있다
모래와 철근은 돌가루 속에 한 번 침몰하면 다시 나오지 않아
없다고도 할 수 있다

사막의 모래는 길인 듯 함정인 듯

이곳의 뿌리는 모두 하늘에서 자란다 집 또한 위쪽으로 벽 또한 위쪽으로

길고 질긴 것들이 서로의 모서리를 잡고 우아하게 버티는 여기는 높은 층 높은

별이 통째로 쏟아지는 날은 언제일까

30층인지 40층인지 얼기설기 집의 내구성 지구의 자전력

신이 하늘에 깃들어 우리의 달력이 탄생했나

나무의 깊은 숲보다 빌딩 숲이 더 무성한데

내 콧수염이 무성해질 때까지 집도 그렇게 무성해질까

우리는 손가락 하나로 하늘을 오르는 사람

높은 곳으로 올라간다는 건 신의 거처로 가는 길일까

휘청거리는 걸음들이 허공 속에서 흔들리고

오늘 밤에도 집마다 푸른 별이 반짝인다

맨발

발이 세상을 바꿀 것이다

매일 걷는 길을 걸어도 맨발로 걸으면
껍질째 먹는 과일처럼 입맛이 다릅니다
춤꾼들은 하이힐을 신어야 새로 태어납니다
사람은 구두 속에서도 날고 불빛 속에서도 날고 허공 속에서도
날고 있습니다
분란은 발에서 시작됩니다
오후에 내리는 바람 속에서 똑똑 길을 걷습니다
차가운 맛 따뜻한 맛 짠맛 단맛 신맛
사람들이랑 대화하면 쓸데없는 말이 많아집니다
호젓한 오솔길을 맨발로 걸어가면 시끄러운 말은 사라집니다
하늘 아래서 몸이 흔들려 유쾌해집니다
또 나도 모르게 휘파람을 붑니다
부드러운 흙을 밟습니다 동그란 돌을 밟습니다
뾰족한 돌을 밟습니다

나뭇가지에서 떨어진 열매를 밟습니다

발은 나의 만능 마트

길을 인도하는 새가 왔습니다.

상반신만 나오는 아나운서의 말을 믿으면 흔들리지 않는 세상은 감춰지는 법

호주머니 속에 감춘 하늘이 맨발 속에서 자라나고 있습니다

맨발로 걸어가면 내가 내 속에 있습니다

발끝에 세상이 잡혔다가 다시 세상이 펼쳐집니다

길을 인도하는 하늘도 있고 짐승도 있습니다

하늘 땅 물 불 바람 내부에 숨을 남겨둔 길이 나옵니다

두 곳으로 세 곳으로 더 이상 갈 수 없는 길까지 나옵니다

발을 들어 올릴 때마다 지구가 돌아갑니다

번개가 치면 나무도 갈라지고 길도 갈라집니다

두 쪽이 났다 세 쪽이 났다

고향이 어디입니까 하고 묻는다면

내가 태어난 흙으로 맨발로 돌아가고 있다고 하지요

사색인지 망상인지 세계의 비밀을 엿보는지

우리는 우리를 거리로 몰아세우려 해
벽돌이 집이 되기 전인가 봐
공룡이 없는 세상에 공룡이 달려가고 있어
역사가 간직하는 비밀이란 고무풍선에 입김을 불어 넣어 부풀
어 오르는 것과 같아
각자가 다른 비밀들을 간직하느라
만지작거리거나 팔짱을 낄 수도 있어
침묵 속에서 돌멩이를 차면서 굴러가는 돌멩이를 따라 걸어가면
길이 생겨날 수도 있어
오늘 밤 내가 죽을 수도 있고
끝이라는 말 대신에 죽음이라는 말 대신에
빼앗길 수 있는 슬픔을 우리는 모두 간직하고 있어
두려움을 비약하는 말을 하지 않아도
언제 어디서나 나를 빼앗길 수 있는 세상이야
요즘은 우주여행이 대세라는데
불필요한 소유욕을 내려놓고 지속 가능한 최소한 최초 등의 미
니멀이 더 좋을 수 있어

달리는 얼룩말의 혈액형이 궁금하기도 해
세상의 키스를 모으면 허공에 무지개가 뜰까
벤치 사이사이를 돌아다니는 길고양이도 키스는 필요해
목사님도 키스는 사랑이라고 우주적으로 말해
교회를 나서자 몰아치는 햇볕 몰아치는 바람
바람도 햇볕도 구름도 부딪치면서 포옹하고 있어
목이 긴 기린 같이 죄가 왜 자꾸 다정해지는지 모르겠어
무엇이든 포옹하고 싶어서일까
죄는 일인용 혼자서 짓기도 해
따뜻한 색은 대체로 몸에 좋지 않았던 기억이 많았어
새가 새를 잡아먹고 물고기가 물고기를 잡아먹기도 해
우리를 각각 집으로 몰아세우려 해
벽돌이 집이 되었나 봐
복도 같은 긴 망상에서 빠져나와
덕담하는 교회의 나무 벤치에 앉아 하늘의 구름을 봤어
바람 소리 길어질 때
그때 세계의 비밀을 엿보는 기분이 들었어

내면과 외면

나는 옷을 입는 사람
몸을 보호하기 위해 입는지 나를 치장하기 위해 입는지
화성으로 탐사선이 날아간 티비를 보고도 그저 그런 사람
꽃은 열매를 맺기 위해 벌 나비를 부른다는데

지구 한 바퀴를 돌아 그래픽 하나를 띄우고
당신 옆에 다가간 곳이 다소곳이 떨리는 기다림
힘들 때마다 혼자 주저앉았던 곳이
피카소의 얼굴이 늘어져 있는 옷장
영상이 수채화 되어 양 무릎을 구부리고 거울 앞에 섰다
블라우스에 목을 넣는다 팔을 넣는다
치맛자락으로 눈물을 훔쳤던 손과 무거운 눈물을 셔츠는 간직
했다
옷 소매가 마르지 않았다
옷과 옷 사이 살을 벅벅 긁으며 외출을 기다린다
실밥을 쥐듯 사람의 얼굴을 쥐듯 옷의 미학적인 곳을 향해 뒤
적거리던 뒤숭숭한 표정들
수증기는 언젠가 비가 된다고 하니 다음에 비가 올 때는
블라우스를 생각하기보다 마음을 더 생각해야겠다
그래도 옷이 너무 많아서 축축한 냄새가 나는 나날들
마음이 생각나지 않을 때는 옷을 보면 되겠냐
때론 다림질에 대해 용모에 대해 생각해 보겠지만
몸 밖에 몸 안에 옷을 덮어 놓고 옷을 옷이라 자꾸 발음하면
사람보다 옷이 먼저라 하고

사람은 죽어도 옷은 남는다고 한다 사람은 죽어서도 옷은 입는다고 한다

마음을 자꾸 발음하면 옷이 가끔 낯설어진다

또 벌거벗은 사람도 옷을 입은 사람도 자꾸 낯설어진다

사람은 잘 때도 옷을 입는다 죽어서도 옷을 입는다

모니터에 떠 있는 영상을 바닥으로 내려가게 하는 빛의 속도는 얼마일까

그럴 때마다 불편하다고 눈을 깜박인다 그래 옷은 늘 버석거리며 새로움을 창조하려고 하지

항상 시작과 끝이 창조를 결정하는 키워드이지만

몸을 싸서 보호하기 위해 부르지 않은 음악 화면에서 노랫소리가 들려온다 옷 속엔 새도 있고 나무도 있고 풀도 있고 또 메마른 꽃이 피고 메마른 눈이 온다

옷이 사람의 몸을 훔쳤는지 사람의 몸이 옷을 훔쳤는지

치맛자락으로 훔쳤던 눈물이 무거워지면 생활은 구차한 목록에 꽂혀 있고

마음은 피카소의 그림 같은 옷을 바라보며 선택을 못해 목이 무거워진다

옷은 분명 마른 옷인데 밤새 꿈에 나왔던 어머니가 눈물을 흘려 물에 젖은 축축한 옷이 되었네

목이 축축한 아침 나의 모니터엔 비가 오다 해가 뜨다

요란하고 변덕스럽다

휴면기

온종일 방구석에 모로 누워 일어설 줄 모르는 나의 관절은 괜찮은가
바람과 해가 다녀간 흔적으로 밝은색은 훔쳐 가고 방이 희미하다
나는 지구를 사각이라 생각했는지 앞을 바라보고 뒤를 돌아봐도 절벽뿐이고
눅눅한 병원 침대뿐이다
내 몸속으로 똑똑 하얀 링거액이 떨어진다
지구는 흙바닥과 나뭇가지에서 나왔을까
TV 속에 스마트폰 속에 나 휙휙 넘어가는 동남아 아프리카 아메리카
히말라야산맥이 알프스산맥이 차가운 몸을 흘려보내 계곡을 만들고 호수를 만들고 강을 만들고 바다를 만들고 계속 돌아가는 지구
구름은 그림자놀이로 또 분주하다
관절은 뚝뚝 내 살 속에서 차가운 바람으로 생성되고
나는 손끝으로 가족의 안부를 하나둘 넘긴다
무음으로 진동하는 알 수 없는 메시지도 수백 개
날개가 없는 나는 일어서지도 못한다
일찍 일어나는 새가 벌레를 잡는다는 선착순의 법칙에서
낙오되었다
지금 당장 만날 일 없는 세상의 꽃은 발소리 하나 내지 않고 피고 지고 또 피고 지고

나는 방구석에 누워 미지근한 물 한잔 배경으로 콧김을 뿜어대며 아득히 눈 내리는 아메리카 대륙을 횡단하는 기차여행을 떠난다
　내 눈이 구석으로 몰릴 때면 소리도 없이 눈을 감고 또 여행을 접는다
　비명으로 덜그럭거리는 허리와 관절들
　입 다물고 깊게 팬 주름이 달싹거린다
　24시간 대기하며 손끝 하나 까딱 않고 침대를 꿰차고 누운 나
　나는 먼지 속의 꽃가루를 보았다 바람 속에 나뭇잎이 날아다니고 흙먼지가 날아다닌다
　움직이지 않는 사람들에 대해 한 번 더 생각해 본다
　세상 밖의 세상에 대해 갈 준비는 되었나 중얼거려 본다
　눈은 조용하고 눈은 무겁다 귀로만 듣는다
　마음과 마음 사이 그리움이 사무칠 때
　찬물에 손 담그고 쌀 씻던
　물속에서 휘어지던 어머니의 손가락을 보았다
　벽이 하는 말과 텔레비전이 하는 말은 제각각이다
　나는 햇빛도 없는 불빛을 따라가며 오늘도 비좁은 방 안에서 지구 한 바퀴를 돌아 긴 휴식을 취한다
　멀리서 꽃봉오리 디지는 소리에 녹색과 주황색 아래
　내가 날아갈 길이 있을지도 몰라

고정관념

-염소-

우린 털이 검은 널 염소라고 불러
문을 연다 쏟아지는 검은 빛
하필 넌 더욱더 검구나
네 꿈에서는 검은 비가 내릴까
파란 비가 내릴까 아무도 몰라
누가 널 그렇게 불렀니
너는 그림자조차 검어서 그림자를 줄이고 줄이면
검은 잉크가 될까 궁금해
지금의 네가
담배 담배 너를 부르는 이름까지 검은빛의 구름을 연상하잖아
난 몰라 대문 밖에 대해서 너에 대해서
흰털을 가진 순한 양을 봐 뿔도 없잖아
폭신한 양모 카펫이 깔린 복도
하얀 양모 옷을 입고 외출하는 귀부인의 아름다운 자태를 봐
벌써 행복하잖아
털이 검은 너는 머리에 뾰족한 뿔을 두 개나 가지고 있어 매사
가 공격적이잖아
그래도 괜찮아 영역을 확장해야 하니까
그리고 네 속에도 문이 있을 거야 또 순한 마음도 있을 거야
알고 보면 나보다는 네가 훨씬 낫다니까

나를 봐 외모지상주의에 권모술수에 온갖 거짓말과 폭언을 일
삼는다니까 마음은 헬리콥터보다 더 시끄러워
　긴 여운이 있는 척 연기는 하지만

　색깔과 모양이 풍경이 될 때는 다 우아하지
　우주와 자연의 문이 활짝 열려있어
　장하게 쏟아지는 빛을 봐 폭포를 봐
　너는 너를 모르고 나는 나를 모르고
　너도 검은 심장으로 피를 돌릴 수는 없을 거야
　네 심장은 분명 붉을 거야 네 피도 붉을 거야
　우린 온몸이 검은 너를 그냥 흑염소라고 불러
　우린 너를 담배 담배 부르지
　흑심을 품는 우리니 검은 털을 가진 너보다 훨씬 나쁠 거야
　우리가 욕심을 비우면 흰색이 될까 검은색이 될까 파란색이 될까
　네가 검은색에 묶인 네 핏줄이 싫을 때는 목에 핏대를 세워 길
게 울부짖지

　필담으로 설명이 가능한 일은 세상에 아무것도 없겠지만
　쉿! 지금 막 세싱 문이 열리고 있어

안락함

아침마다 뾰족구두가 계단에 긁힌다
도심의 허공을 꿰뚫고 하늘을 울리며 차가 달린다
내려야 할 곳 올라야 할 곳 너무 많아 어지럽다

눈에 젖어 걷고 싶다
꽃을 보고 걷고 싶다
초원을 보고 걷고 싶다

핸드폰 문을 열었다 닫았다
닫았다 열었다 하며 중얼거린다
핸드폰 안에서 서성이며

더 이상 어머니가 도시에서 보이지 않는다
천 년을 살 것인 양 뜨거운 꿈을 꾸고 견적서를 그리던 어머니
가 보이지 않는다

그 사이 저 먼 곳에 산수유나무가 꽃망울을 터뜨렸고
내 마음속 구두코에 빗금이 늘어났다

달의 무늬 되지 못한 주름진 구름들
어스름 뜬 밤이면
뜬 눈으로 잠을 자며 갈라진다

푸른 심장을 가진 어여쁜 새가
새장 속을 열고 나간
어여쁜 새가
내 마음속에서 보랏빛으로 있었는데
오늘은 노란 깃털이 되었다 또 다른 깃털을 찾나
더 예쁜 새가 되었다
나는 예쁜 새
우울한 별들을 초대해서
밤을 새워 놀아볼까
모두가 잠든 시간에 죽은 새가 날아갈 때까지

마음속의 바다

바다에 가지 않아도
바다는 내 안에 있다

나뭇가지를 흔들며
바람이 돌아가고 돌아오고

발그레 술 한잔 걸치고
자식들 안부를 묻는 바다

수평선이 보인다
오색 깃발이 가물거리고
길 없는 개펄을
눈치로 다 알고 걷는다

흐릿해지는 해안선이
아득해지는 그 속에
내 무적의 정수리 위에 섬 하나 보인다

환한 길 따라가고
막힌 길 돌아가고
나직이 우는 뱃고동 소리
살 속에 박힌 눈물을 토해낸다

누구나 한두 번쯤 절망 끝에 섰겠지만
나의 꿈은 항상 안개 같아도
물결에 스민 영롱한 진주

모래

4월 시간은 어디로 가고 있을까
내 앞에 있는 이 모래는 또 어디서 왔을까
시공을 알 수 없는 내 눈빛과 모래들의 눈빛
나는 홀로 해변을 걷는다
바람이 앞을 지나친다
바람의 노랫소리가 들린다

밧줄이라도 엮어 놓은 듯 하늘이 하늘을 당기는 듯
온 세상이 드르륵 열리는 우주
지구는 내 심장일까요
내 가슴에 귀를 기울인다
시간을 모르는 이 우윳빛 모래들이 발목에 젖고 모래가 흐른다
내 몸속에 피가 흐르고 노래가 흘러나온다

내 안의 내 눈빛이 너를 알아보지 못하나
나의 아름다운 모래들이여 누구를 위해 그렇게 아름답게 빛나
고 있나
나는 새를 상상하며 하늘을 나는 너를 생각해 본다
두메산골 논밭과 모래로 놋그릇을 씻던 어머니를 생각해 본다
바람이 앞을 지나친다
모래가 흩어진다

누군가 화병에 이슬을 주고 또 물을 준다
기나긴 빙하기를 건너 돌아온 사람들
아파트 유리창마다 커피 향이 진동한다

커피가 흐르는 길과 골목들이
서서히 사라지고 보이지 않는다

멈춘 기억을 들어 올린다
제멋대로 넘어가는 페이지들이
파도에 밀려왔다 파도에 밀려간다
여기는 수평선이 떨어지는 하얗고 깨끗한 모서리가 무너진 집
내 발밑에 있는 이 모래는 어디서 와 어디로 갈까
나는 또 어디서 와 어디로 갈까

검푸른 물은 엉겼다 흐르고 돌면서 흐르고
하늘과 땅과 모래는 바다에 떨어져 모래의 무늬가 해구 속에서
시시각각 변한다
아름다운 상형문자가 되었다 뭉크의 절규가 되었다
내 속에 수억만 개 보석이 숨어 있다 절규가 숨어 있다

멀어졌다 가까워졌다 해무海霧 수억만 개 꽃을 피운다
가만히 보면 있는 듯 없는 듯 들리는 듯 들리지 않는 듯
너와 나의 추억들

어릴 때 어머니가 옷에 묻은 모래를 털어주던 그 모래
오늘 또 내 품 안에 조용히 안겨있는 듯 달콤한 졸음이 온다
멈춘 기억을 풀어 놓는 이 해변의 수많은 사연
화장실에 들어간 애인을 기다리는 사람의 머리통은 둥글고 편
안한 모습이다

낙숫물 소리 들으며

가만히 고여 있는 건 불쾌해
자지러지며 톡톡
튀어 오르는 몸짓을 이어 붙이며 살았다
한꺼번에 솟구치다
철썩철썩 쏟아진다
그건 태어날 때부터 지느러미가 없는 모양
고래고래 소리치는 입술이 있었고
새파랗게 질려가는 것보다 더 차가운 그늘이 있었다
단 한 개의 폭죽처럼 태풍의 소멸을 기다리는 일이
행복인지 불행인지 모르겠고
미련이란 몸을 일으켜 세워
절벽까지 끌고 가서 내다 버렸다
내쫓기는구나
기어코 깨져버린 창문처럼 와르르
추방당하는구나
바닥에 길게 누워있다
사방에서 환청이 들린다
이제는 산골에 들어가
외딴집 낙숫물 소리에 이끌려
너에게 편지를 쓰자
대숲을 흔드는 바람 소리 듣고
너에게 편지를 썼는데
그 바람 소리 그치고 나면
답장이 오려나

나의 과자는 나의 애인

애인을 깨우고 싶었는데 애인은 너무 따뜻해 보여

나는 내 머리에서 애인은 졸고 있다고 생각했어 잠깐 한 번 더 눈을 뜨고 애인을 바라봤어

꼭 정면이 아니더라도 어딘가에서 바라보고 있다는 것은 촌스럽다 생각했어

촌스러운 말에 촌스러운 흙이 생겨나고 촌스러운 벌레가 생겨나고 촌스러운 곰팡이가 생겨나고 잘 모르는 하늘에 토성까지 생겨났어

나는 동맥과 정맥이 연결된 심장이 한 가게에서 한 가정에서 생긴 일이라고 맨 첫 줄에 넣어봤어

끔찍한 오전 일과가 끝난 후 오늘은 모래가 있는 강가에 앉아 있었어 어디선가 노래가 흘러나오기 시작했어 모래도 조약돌도 깨어났어

나는 하얀 과자 가루를 흘리면 호통치는 아버지가 무서워도 과자를 몰래 훔쳐내다가 과자가 수도 없이 많이 부서져 과자 가루가 분분히 날린다 생각했어 나는 달콤한 바람이 부는 쪽으로 얼굴을 돌려 우연인 듯 필연적으로 하늘을 바라봤어 먼 곳 하늘나라에서 별나라에서 내리는 눈을 봤어 하얀 가루는 애인 아버지가 과자를 먹으면 이 씩는디 양치질히라고 수도 없이 많을 많이 했어 애인은 과자 부스러기나 지푸라기 같은 것인지도 몰라 아니 동산 한가운데 있던 달콤한 사과 열매일지도 몰라

아빠가 화를 내면 과자가 화를 내는 듯해서 달콤한 과자도 나는 가끔 무서웠어

아빠가 과자를 따르는지 내가 아빠를 따르는지 알 것 같기도 하고 모를 것 같기도 해

우리 집은 하얀 비스킷이 우르르 부서져 날아다녔지 상상 속의 하얀 가루들이 부풀어 오르고 상상 속의 하늘나라에서 별나라에서 하얀 눈이 펄펄 왔어

나는 과자를 치울 수도 과자와 먹던 음료수도 치울 수 없었어 도무지 치울 엄두를 내지 못했으니까 과자는 내 무성한 콧수염이면서 머리카락이 되었고 모서리도 없는 무성한 숲이 되었다

숲속에 내리는 하얀 눈 하얀 과자 가루들 나는 나의 애인을 보고 있으면 대체로 네모났다 동그란 풍경이 되기도 했어 과자를 아버지 허락 없이 먹으면 죄를 짓는다 생각했어

내 삶도 항상 지하에서 벗어나려 했어

때론 조금만 더 당돌해지자란 구호가 필요했는지도 몰라 과자에 대한 나의 생각은 더도 덜도 아니고 딱 여기까지였어 과자는 내가 만지지 않으면 부서지지 않았어 가끔 그늘에서 상처가 나기도 했지만

잘 정돈된 세상에 앉아 사방을 바라보았어 하늘은 천천히 옷을 벗고 하얀 눈을 뿌리고 나는 눈을 보면서 빗자루가 생각났고 지금은 없는 촌스러운 할아버지가 촌스러운 아버지가 생각났어 화가 났을까 웃고 있을까 하얀 눈 속으로 지나가는 자전거 바퀴들이 보였어 하얀 밀가루 같은 눈이 무리 지어 부서지기 시작했어 과자 가루 같기도 하고 아버지 같기도 한 저 꼬리를 치켜올리고 포옹하고 헤어지는 저 많은 애인들

　녹아서 물이 되면 지저분한 배수구로 흘러 들어갈 저기 저 혼탁한 지구의 표정들

　칠흑의 밤에도 온 세상을 환히 밝히고 식사를 멈춘 세상의 밥그릇에 밥알들이 씹히고

　세상을 하얗게 덮고 세상을 하얗게 닦았어

　여전히 아름다운 사람들도 문을 두드리고 문을 열어 창밖을 봤어 그 이름은 하얀 크리스마스

잔스카 학교 가는 길

오늘은 소파에 맨발로 앉아 맥주를 마시면서
티브이를 본다
눈 덮인 아득한 히말라야 설산이 보인다
네팔의 서북쪽 오지마을에
문명의 바람이 분다
20kg나 넘는 짐을 지고 도시에 있는 학교로 목숨을 걸고 간다
그럴 수밖에 없다
영하 25도가 넘는 잔스카강 위를 걷는다
의사가 되기 위해 치열하게 가는 길
세상에서 가장 위험한 차마고도
산골 마을 사람들의 유일한 희망은 학교
아버지가 없는 아이는 할아버지가 어린 꼬마를 데리고 간다
아버지는 한국으로 돈 벌러 갔고
6살 아이부터 13살 소년까지
지구는 눈물로 가득 차 있다

가끔 그 눈물에 얼음꽃이 피어 화려하지만 히말라야 절벽은 위험하다
설산을 지나 얼음 강을 지나 잔스카 학교는 어디에 있나
경험 많은 할아버지가 먼저 가고
아버지들은 따라가고
코흘리개 어린 꼬마는 걷다가 쉬고
자전의 기울기만큼 온몸에다 모두 힘을 모은다
미끄러지고 넘어지고
속살을 파고드는 칼바람
동상 걸린 발끝에 얼음 방울이 매달려 있다
어쩌면 영혼의 살갗을 벗어던지고 뼈만 드러난 설산 같은 것일까
이마를 묶었던 축축한 수건을 풀 때
혹한을 견딘 10여 일의 대장정이 잠깐 무표정하다
초대받은 학교에는
여기저기 벌떼 같은 어린 학생들이 모여들어 얼얼하다

뿌연 사람 뿌연 안개

　내 맞은편에 너 서 있었다
　나는 단 한 번도 너를 바라보지 않았다
　바람은 불고 있었고 단풍잎은 비가 되어 곡선을 그리며 휘날리고 있었다
　나는 너에게 눈빛을 줄 틈이 없었다 너만 홀로 바라보고 있을 뿐
　안개 같은 내게 분명 너는 속삭이고 있었다
　초록이 붉은 눈빛을 잉태해 온몸에 붉은 물 들 때까지 너는 주목하고 있었다
　흔들려서 나는 흔들렸다고 말하겠지만
　너는 바람이 불어서 흔들린 것이 아니라고 끊임없이 무지개를 가진 햇빛이 흔들어 주고
　애무해줘서 흔들렸다고 너는 생각하는지 몰라
　의식이 생존하지 않은 정적으로
　바람은 지나가고 다가오는 것이지만 너는 지나가면서도 맨날 물고 빠는 아이 같은 나뭇잎에 머물고 다가오면서 머물고 있었어
　있는 듯이 없는 듯이

　단풍잎은 무지개를 품은 햇빛에 흔들렸고 해의 품으로 분명 떨어졌어 물론 다들 바람에 떨어졌다고 하지만 일년내내 공중에서 촉을 여러 수만 개 틔워 놓고 키우면서 오늘 마지막 계절을 맞아 오색단풍으로 줄줄이 휘날리는 풍경을 만들었어
　풍경이 만들어지면 또 풍경이 사라지고
　끊임없이 앙상한 척추만 남을 때까지 매일 매일 흔들겠지 또 다른 풍경이 만들어질 때까지

너는 빨간 사람 파란 사람
보이면서 사라지고
사라지면서 보이는
너는 가만히 있는 사람
움직이는 사람
오른쪽에서 왼쪽으로
다시 왼쪽으로 오른쪽으로
하나의 손가락을 펼친 열 손가락
너를 이해한 안개가 있었고 구름이 있었고 달은 물론 달무리를 만들어 너를 다 품으려고 했었어
너를 이해한 새는 예쁜 노래를 부르며 온 세상을 행복하게 했어
강의 물고기는 허공의 새 울음소리를 따라다니면서 허공의 안개를 따라다니면서 춤을 추기도 했어
세상의 통로를 알고 있는 듯
웅크린 돌까지 깨어났어
물의 품에서 앞으로 가는 작은 물고기 거꾸로 가는 큰 물고기
무리 지어 물을 거슬러 올라가는 물고기 모두 예쁘고 아름다웠어
해변과 강과 숲과 구름 위를 미끄러지는 새 떼가 아름다운 노래를 부르며 나나닜어
천천히 소리 없이 지나가는 행복한 자전거 바퀴 같아
매일 매일 나뭇가지 속에서 안개 속에서 구름 속에서 새는 아름다운 소리로 노래를 읊조리고 있었어
생명은 아름답고 즐겁고 행복해

이 행복한 세계는 어느 누가 지우려 해도 지울 수 없고 한꺼번에 태어나지도 않고 한꺼번에 사라지지도 않아
　네 눈빛은 빨주노초파남보
　정지된 듯 움직이는 빛이 네 속에 있어
　나도 너와 함께 살고 있어
　이름 모를 새소리 풀벌레 소리 들리고 윙윙 벌 소리까지 피아노를 치고 있어
　저 높은 하늘에 달이 나를 따라 서고 나를 따라오고
　어쩌면 너도나도 하나인지 몰라
　너의 눈빛에 천지 사방이 따뜻하고 초록색이고 밝고 맑은 색인데
　나는 검다 하고 희다 하고 나는 색맹이거나 봉사인지 몰라
　세상에 기포氣泡 없는 얼음이 어디 있어 자연에 명령하는 내가 어리석지

　우주에 기포 뗏목을 보내 햇빛을 차단하려는 연구 단체까지 생겼다는데
　자연의 법칙까지 명령하려는 어리석은 맹수들
　잠시 여기서 그만
　나를 묻지 마
　내가 누구인지
　멀리서 멀그스름하게 들려오는 종소리인지 바람 소리인지

보이는 게 전부였죠
두메산골 이른 오전
외딴집에 마음이 이끌려 온몸을 내어 주고
툭툭 떨어져 내리는 낙엽을 밟고 걸어 봤죠
그 발걸음 호젓해서 고독해졌죠

나는 숲의 모든 나무를 끌어안아 본 적이 있었다
나는 나의 온몸을 끌어안아 본 적이 있었다
잿빛으로 뭉친 털이 오늘 밤에는 별이 될까
영혼까지 모두 불러들이는 저녁 어스름